Fan
ファン文庫
TearS

動物園であった泣ける話

JN109262

株式会社 マイナビ出版

TearS

CONTENTS

Step by Step

楠谷佑

駐車場に入った瞬間、来なければよかったと思った。

日曜日の動物園は、当然混んでいる。それはわかっていたが、車から降りてゲートに向かう人々を見て、予想以上につらくなってしまった。

来園客は、ほとんどが楽しそうな親子連れだった。待ちきれないとばかりに駆けていく男の子と、それを追う母親。両親に挟まれて、ふたりと手を繋《つな》いでいる女の子――。窓越しに見ているだけで、胸が軋《きし》んだ。けれど、今さら引き返すわけにはいかない。なんとかスペースを見つけて、車を停めた。

「行こうか」

まったく気は進まなかったけれど、僕は優兎《ゆうと》を促した。彼は、黙って車を降りる。

ゲートに向かって歩きながら、隣の優兎を見やる。つやめいた黒髪は伸びすぎで、目もとにかかっている。あまり外で遊ばないため肌は白く、半袖《はんそで》のシャツから伸びる腕は、小学五年生の男子としては細い。もっと運動をしたほうがいいのでは、と心配になるが、そんなことは言えなかった。

情けない話だ。もう三十路《みそじ》になる男が、息子とどう接していいかわからずうろたえているだなんて。

――いくら、血が繋がっていないとはいえ。

「ねえ、和馬《かずま》さん。あなたと優ちゃん、もう少し仲良くなれないものかしら」

先週の夜のことだ。義母は出張から帰ってきた僕を捕まえて、こう言った。

「べつに、仲は悪くないつもりなのですが」

逃げるように答えたが、彼女は首を振った。

「そろそろ、美鶴《みつる》が亡くなってから二年でしょ。私だってもう七十になるし、いつまで生きられるかわかりませんもの。あなたたちがちゃんと親子になってくれないと、安心できませんよ」

言い返すことはできなかった。彼女は、僕が忙しいときにいつも優兎の面倒を見てくれている。この日も、僕が出張で二泊するので、わざわざ秋田から来てくれていたのだ。

ときどき考える。妻が亡くなった時点で、義母が優兎を引き取ったほうが良かったのではないか、と。

僕の妻――美鶴は二年前の一月、急病で帰らぬ人となった。さらなる環境の変化にさらすのはかわいそうだということで、美鶴の実家が優兎を引き取るのは見送られた。その選択が正しかったとは、最近の僕には思えないのだ。

「そりゃあ、わかっていますよ。和馬さんはとてもよくやってくれてます」

義母の話は続いた。

「美鶴があなたと再婚した、私はとてもほっとしましたよ。五歳も年上の、しかも子連れの美鶴と結婚してくれるなんてね。本当に肝の据《す》わった、立派な男性だと思いましたもの」

ばつが悪くなった。僕は立派などではない。ただ、どうしようもなく美鶴のことを好きになってしまっただけの、向こう見ずな男だったのだ。そして、美鶴が愛する息子なら自分も愛せる、と思い上がっていた。その息子の気持ちなど、なにひとつ考えずに。

「……結婚して半年で、彼女は逝《い》ってしまいましたから。僕は彼女に、なにひとつできていません」

そう。結婚してわずか半年でのこと、だったのだ。

ぎこちなく接する僕と優兎を見て、美鶴は「少しずつ家族になろうね」と笑っていた。けれど彼女がいなくなって、僕ら父子《おやこ》は互いにどう接していいかわからなくなってしまった。そのまま、二年の時が経とうとしている。

「同じ家にずうっと住んでいるのに、ぎこちないままではお互いにつらいでしょう。このままでは駄目」

義母はぴしりと言って、僕の手に一枚の紙切れを握らせた。

「たまには、ふたりで出かけなさいな」

渡されたのは、動物園の「親子割引クーポン」だった。

園内に入った僕らは、パンフレットに記された順番どおりに動物園を巡った。チリーフラミンゴ、アミメキリン、ホンシュウジカ……。普通に生活していたらまず出会うことのない動物たちが、次々に登場する。

優兎は楽しめているだろうか、と横目で見る。

被っているキャップのせいで、あまり表情が読めない。いま、彼は柵の中のウサギたちをぼうっと見つめていた。

——そういえば、どうして彼は、今日ついてきてくれたのだろう？

普段は買い物やスーパー銭湯に誘ってみても、たいてい「今日はいいです」と断られる。義母の手前、いちおう動物園に誘ってみたときも、まさか本当に一緒に来ることになるとは思わなかった。

「好きな動物はなに？」

なにか話さなきゃ、と思って問うてみた。優兎は少しだけ顔を上げる。

「……パンダ」

意外だった。この年頃の男の子だから、トラとかチーターとでも答えるかと思った。理由を尋ねようとしたが、そのまえに彼が口を開く。

「……和馬さんは？　好きな動物」

彼は、義母の呼び方にならって僕をこう呼ぶ。何度呼ばれても慣れないが、「お父さん」と呼ぶのを強要するのもためらわれた。

「そうだな……、ブタ、かなぁ」

「なんで」

「おいしいから」

笑ってほしかったのだが、優兎は「はぁ」と答えて、先に歩き出した。たくさんの親子連れの間をかき分けて、僕は少年のあとを追った。


「ソフトクリーム食べる？」

しばらく歩いてから、優兎に尋ねてみた。ちょうど、食堂の近くを通りかかっていたのだ。

優兎は「いいえ」とかぶりを振った。この子は、自分からはなにも欲しいとは言わない。こちらから水を向けても、拒《こば》んでしまうことがある。――彼になにを、どうやって与えればいいのか。ずっと答えが出ない。

「……トイレ行く？」

自分が行きたかったので訊《き》いてみた。優兎はまた、首を横に振る。

「そっか、僕は行きたいんだけど……待っててくれる？　あのへん——明るくて、目立つところで。知らない人に声をかけられたら、周りの大人に……」

「大丈夫です、おれ」

さえぎるような答えが返ってきた。

とにかく早く戻ろう、と思いつつ、トイレに向かう。そこもひどく混雑していた。周りの父親たちがみんな息子を連れていることに気づいて、僕はじりじりと不安になってきた。

そうだ。こんなに人の多い場所では、子供とずっと一緒にいるのが当たり前じゃないか。意地でもついてこさせるべきだった。

用を足して、早足になりながらトイレを出た。そして——愕然《がくぜん》とした。

「あのへん」と指さした噴水《ふんすい》広場に、優兎の姿がなかった。

泡を食って駆け出した。日向《ひなた》に出て、あたりを見回す。姿は見えない。

すぐそばに立っている食堂に飛び込み、ここもくまなく捜した。優兎はいない。ふたたび屋外に駆け出す。

「優兎！」

息子の名を叫んだ。ちゃんと名前を口に出すのはいつ以来だろう？　僕はなんと馬鹿だったのだ。息子の名前を呼ぶこともなく、彼から父と呼ばれることを願っていたなんて。

「優兎‼」

順路を逆走して、すでに通った檻《おり》の前を走り抜ける。だが、息子の姿は見えない。ウサギ広場の前の柵に手をついて、息を整える。そのときふと、先ほど優兎と交わした会話を思い出した。パンフレットを取り出して、パンダが見られるコーナーを探す。トイレより、さらに順路を進んだ地点にあった。

慌てて駆け戻り、パンダの檻を目指す。息せき切って駆けつけたところ――。

優兎が、いた。ぼうっと佇《たたず》んで、パンダの檻を見上げている。

「……優兎！」

思わず、彼を抱きしめていた。

その身体はひどく華奢《きゃしゃ》だったけれど、初めて会ったときより、ずっと大きくなっていることに気づいた。こんなにこの子の体温があたたかいことも、今の今まで知らなかった。

「……和馬さん、苦しい」

抗議《こうぎ》の声を聞いて、身体を離した。優兎は驚いたように僕を見上げている。

「心配するだろ、優兎。勝手に行くなよ」

「でも、順路を進んだところだから……追いついてくるかと思って」

「そう、だけど。でも心配した」

「……ごめんなさい」

僕は首を振って、パンダの檻に向き直った。優兎もふたたびそちらを向く。

「この動物園……、昔、母さんとよく来てたんです」

彼が、ぽつりと言葉を落とした。

「おれはパンダが好きだから、一時間くらい、ずっとここでパンダを見てた。

母さんも一緒に見てくれた」

「……そっか」

だから、優兎は今日、この動物園に来てくれたのか。

「昔見た子はいる？」

「えっと、もう二年以上前だから……わかんないな。あの、奥にいるのがリュウリュウかな」

そのとき、そばにいた飼育員が「おっ」と声をあげた。彼女はバケツを片手に近づいてくる。

「きみ、リュウリュウのこと昔から知ってるんだ？　元気だよー。もう二十歳になるから、おばあちゃんなんだけどね」

「そう、なんですね」

優兎が寂《さび》しげに表情を曇《くも》らせた。僕は慌てて口を開く。

「あっ！　あの、足もとにいるのって、もしかしてリュウリュウの子供ですか？　仲良し親子ですねー」

リュウリュウが差し出した葉っぱを、子パンダがむしゃむしゃと食《は》んでいる。どこから見ても親子なのに、飼育員はかぶりを振った。

「じつは、血の繋がった親子じゃないんです。子パンダのお母さんは、あの子を産んだときに死んでしまって」

思わず息を呑んだ。優兎も、目を大きく見開いた。

「リュウリュウは子供が産めない身体だったんですけど……。お母さんがいなくなったあの子パンダを、自分の子供みたいに育ててるんです」

彼女は、檻の中のパンダたちを見て、ふっと笑った。

「動物たちを見てて思うんですけど。『家族』って、なにかの瞬間に『はい、なりました』って感じじゃないんですよね。ちょっとずつ、なっていくものみたいです」

優兎が、ぱっとこちらを見上げた。

けれど僕が視線を返すと、彼はキャップのつばを下ろして、檻の中に目を戻した。飼育員は、楽しそうに口笛を吹きながら去っていった。

僕たちは、それから一時間ほども、日向ぼっこをするパンダの親子を見つめていた。

二時が近づいたとき、さすがにお腹が空いてきて、食堂でお昼ご飯を食べた。

「……どうして、母さんと結婚したんですか」

カレーライスを口に運ぶ合間に、優兎が尋ねてきた。

「え……、そうだな」

お冷をすすって時間を稼ぐ。けれど模範《もはん》解答を思いつかなかったので、正直なところを話した。

「笑う顔がすごく……可愛い人だったから。職場でもいつも笑っていたんだ、美鶴さんは。大変なことがあるときも」

「……えっと、そうじゃなくて」

優兎は、なにか違うことを尋ねたかったようだ。彼はもじもじとスプーンを動かしてから、僕の顔を見上げた。

「……子供がいるの、嫌じゃなかったの」

「えっ？　全然。だって……、美鶴さんがとても大切に思っている子なんだから。それなら、僕にとっても大切な子だよ」

気恥ずかしくなって、すぐに優兎に問い返す。

「そういう優兎は、知らない男が父親になるなんて、嫌じゃなかったの」

「最初は、すっごく嫌だったよ」

正直すぎる言葉が胸に刺さった。だから、彼が敬語を使わなかったことに気づくのが、少し遅れた。

「でも、母さんの好きな人なら……おれも好きになれると思ったんだ」

優兎はそれきり口をつぐむと、猛然《もうぜん》と残りのカレーライスを食べ始めた。

それから、僕らは夕暮れ時まで動物園で過ごした。

「ふれあいコーナー」では、優兎は好奇心と恐怖心の間で揺れながら、イグアナを見つめていた。爬虫類《はちゅうるい》が苦手な僕は正直ごめんこうむりたかったが、優兎にせがまれて先に触った。

「ほら、大丈夫」

声の震えを隠しながら言ってやると、優兎も勇気が出たようだった。勢いこんでイグアナの脇腹を撫でる。

「ほんとだ……、気持ちいい」

優兎はさらに好奇心を発揮して、あれこれの動物に触れたがった。遠巻きに見守っていたら、怖いの、と笑われてしまった。

動物園を去る直前、おみやげ物屋に寄った。

秋田の義母には、マグカップを送ることにした。それから、パンダクッキーというのを買った。美鶴の仏前に供えてやろうということで、ふたりで決めた。

おみやげを後部座席に載せて、僕は車を発進させた。

バックミラーの中で、夕焼けを背にした動物園がどんどん小さくなっていく。

「優兎、楽しかった？」

「……うん」

「また来ような」

「うん」

優兎はキャップを取って、こちらを見た。はにかんだような笑顔だった。

「今日はありがとね……、父さん」

僕は、駐車場から出てすぐ、路肩に車を停める羽目になった。

視界が濡れて歪《ゆが》んで、運転どころではなくなってしまったから。

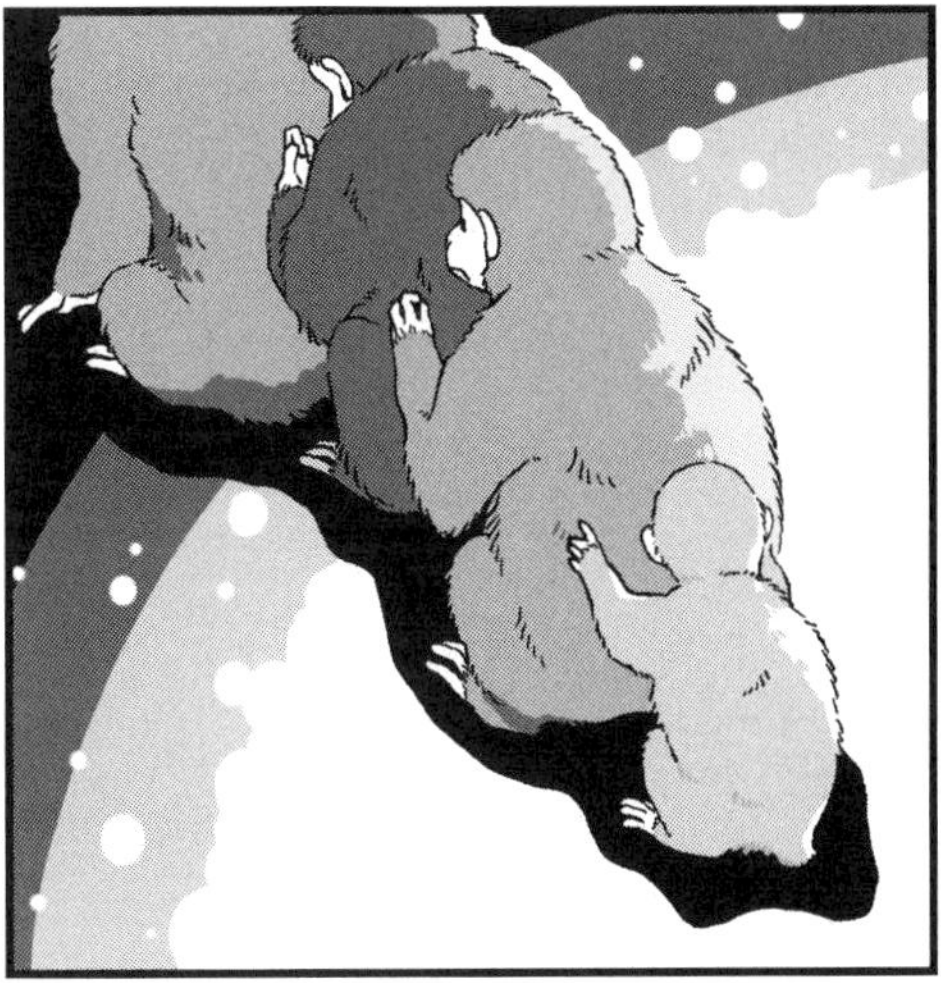

猿山と登山

溝口智子

「えー、おおばばちゃんも行こうよ」

「凛《りん》ちゃんはママとおばあちゃんと一緒に、ゆっくり見ておいで」

ひ孫の凛は不満げに唇を突き出した。つい先日、小学校の二年生になったにしては幼い表情だ。孫の佳澄《かすみ》が凛の背中を優しく押して坂を下っていく。山上にあるこの動物園は坂ばかりで、体力を使う。

「母さん、本当に行かないの？　足が痛いなら車いすを借りるよ」

「いやよ、車いすなんて。私はまだ七十代よ。おばあちゃん扱いしないで」

娘の伊津子《いつこ》が苦笑する。

「ひ孫までいるのに若いつもりなんだから」

そんな笑われ方は腹が立つ。私は伊津子を無視して猿山に目を向けた。伊津子の溜め息と、去っていく足音が聞こえた。一人になったと思うと、やはり寂しい。思わず目を伏せた。だけど子どもたちに迷惑はかけたくない。

母は偉かった。亡くなる直前、九十二歳でも矍鑠《かくしゃく》として登山を愛して。

それに比べて私ときたら。怪我の後遺症で杖無しじゃ歩けなくなっちゃった。

母なら辛いリハビリにも負けず、たとえ杖を突いてだって山に登っただろう。

　悲しい思いを振り切ろうと猿山に目を戻す。猿たちにもいろいろな個性があって、どの猿も人間に似ているように思う。威張って歩くお金持ち、その下でうろつくしかない私みたいな貧乏人。いいえ、私なんかほら、あそこにいる山にも登れない老猿だ。一匹で孤独に自分のノミを取っている。きっとあの猿も、生きていることに疲れているのだ。歩くことすらままならず、与えられたエサを食べるだけの日々。

　軽く首を振る。自分の苦しみを猿に投影しても辛くなるだけだ。ほかの猿を見て気を紛らせよう。

　山の頂上から少しずつ目を下ろしていくと、数匹の猿が集まってノミ取りしあっていた。一列に並んで電車ごっこをしているようにも見える。大人の猿の背中に別の猿がいて、その猿の後ろにもう一匹いて。その次は子猿。大人の真似をしてノミ取りしているけど、ちゃんとできているのかしらね。

　ああ、あのときの私たちに似てる。ふい、と思い出した。小天山《しょうてんざん》に登った時の、あの楽しい思い出。

あれが母の、かかさんの最期の登山だった。三歳になった凛にとっては初めての登山。ほんの小山だったから、かかさんには物足りなかっただろう。だけど楽しそうで、凛の歩調にあわせて、ゆっくりゆっくり登っていった。

秋の気持ち良く晴れた日だった。標高は低くても山頂からの眺めは素晴らしかった。遠くに海が見えて、山の麓から広く田んぼが連なって、実った稲穂が輝き金色の絨毯のようだった。

「やっほー！」

「やっほー！」

みんな大声で、やっほーの合唱をした。周りが平地だからこだまは返らなかったけど、それでもみんな満足だった。とくにかかさんは玄孫《やしゃご》の凛と並んで心から嬉しそうで、なんども空に向かって呼びかけていた。

小天山の山頂には温泉施設がある。気楽な日帰り温泉で湯温が低めだから、お風呂が苦手な凛も入りやすいところだ。軽く汗ばんだ体を洗っていると凛が明るい声で言った。

「かかさん、お背中洗いましょうね」

「あらあら、凛ちゃんが洗ってくれるの？」

「うん！」

いつもお風呂で佳澄に言われているセリフを真似て、大人になったつもりだったのかもしれない。かかさんは喜んで、凛に背中を向けた。

「じゃあ、かかさんは、おおばばちゃんの背中を洗おうか」

そう言って手招きするかかさんに、私は恥ずかしくて素直に背中を向けられなかった。

「私はいいわよ」

「おおばばちゃんもお背中洗って」

凛に言われて、しぶしぶ母に背中を向けた。

「じゃあ、おばあちゃんは、おおばばちゃんに洗ってもらおうっと」

私の前に伊津子が腰を下ろす。

「じゃあ、ママはおばあちゃんに洗ってもらお」

佳澄が伊津子の前。そうやって洗いっこしていると、凛が楽しそうに号令をかけた。

「はーい、後ろを向いてください」

一列になった私たちは今度は反対向きになって、また洗う。凛の背中をかかさんが、かかさんの背中を私が、私の背中を伊津子が、伊津子の背中を佳澄が。親子五代で背中を洗いっこする機会なんて、なかなかない。すごく愉快な気持ちになって、自然と笑みが浮かんだ。

それからしばらくして、かかさんは亡くなった。臨終の直前まで、みんなで登山したこと、温泉で一列になって洗いっこしたことを楽しそうに繰り返し話していた。それを引き継いだように、凛が今でも登山旅行が楽しかったと折々に言ってくれる。かかさんを忘れないでいてくれることがなによりも嬉しい。かかさんもきっと喜んでいるだろう。

でも、あんなに楽しい思い出は二度と作れない。私にはもう、登山なんて無理なんだから。かかさん、こんなだめな娘じゃあ、幻滅するわよね。

ずっと立っていて腰から足先まで痺れがきた。杖だけでは体を支えきれず、手すりにすがりつく。情けない、こんな姿になってしまって。自転車にぶつかられて転んだだけで腰の骨が折れて。年を取るってなんて惨めなんだろう。

猿山に目をやるとノミ取りの猿はもう解散していて思い思いに過ごしていた。山の下の老猿だけは、じっと動かず、いえ、動けずに同じ場所にうずくまっている。一人ではどこへも行けず、年を重ねるばかり。本当に私とそっくりだ。

「おおばばちゃーん！」

呼ばれて振りかえると、凛が車いすを押してやって来た。

「おおばばちゃん、これに乗って。一緒にほかの動物も見に行こうよ」

面食らっていると、伊津子が苦笑いを浮かべる。

「母さんは車いすなんて嫌がるって言ったんだけど、どうしてもって言ってね。一人で車いすを押して坂道を登って来たんだよ」

凛はきりっと口を結んで頷いた。

「おおばばちゃんと一緒に見て回りたいもん」

「でも、重たいよ」

「大丈夫だもん。キリンもゾウさんもみんな、おおばばちゃんを待ってるよ」

真剣な凛の言葉に、ありがたく従うことにした。車いすに座ると、佳澄が杖を持ってくれた。

「それじゃあ、しゅっぱーつ！」

凛が言って、車いすを押す。いつのまにこんなに力持ちになったんだろう。私の重さなんて苦にもせず、すいすいと車いすを押していく。

「凛、下り坂は交代しようか」

「大丈夫だよ、ママ」

意気込み両手に力を込めた凛に、佳澄は優しく言う。

「ママも、おおばばちゃんの車いすを押してあげたいの。みんなで交代しながら行こうよ」

「うん、わかった」

佳澄の言葉は、凛には難しい下りを受け持つための方便だとわかってはいるが、それでもやはり「おおばばちゃんの車いすを押したい」という言葉は胸に沁みる。

急な下り坂は私の背が坂下に向くように下っていき、車いすの重さはすべて佳澄にかかる。

「佳澄、そんな下り方じゃ大変だよ。普通に押してくれるんでいいよ」

「気にしないで、おおばばちゃん。ほら、空がきれいだから、おおばばちゃんに見てほしくて」

言われて見上げると、青い空にのんきな雲がぽかりと浮いている。まぶしい春の光に目を細める。なんて優しい孫を持てたことだろう。なんて優しいひ孫を持てたことだろう。

「よし、次はおおばあちゃんの番だ」

急な上り坂に差し掛かると、伊津子が言った。

「やめておきなさいよ、伊津子。あんた、年いくつだと思ってるの。無理よ」

「まー。母さんは自分だけ若いつもりで。母さんがまだ年寄りじゃないって言うなら、私はまだまだ青春時代ですよ。じゃあ、行こう！」

私の制止なんてものともせず、伊津子は車いすを押す。凜と佳澄に比べると亀の歩みほどに遅い。

「やっぱり、あんた、やめておきなさいよ。全然前に進めてないじゃないの」

「あら、わざとゆっくり歩いてるのよ。見て、母さん。ほら、左の崖の下」

手すり越しに見える崖下は桜の園だった。何本の木があるのか、まるで高い山に登って眼下に見る雲海のように、ふわふわした桜色は波立つようだ。

「きれいねえ、おおばばちゃん」

凜が手すりから身を乗り出すようにして桜の波を見つめている。

「来てよかったね、おおばばちゃん」

佳澄が私の顔を覗き込む。みんなに迷惑をかけたのに、こんなにきれいなものを見せてもらって。私はなにも言えずに桜色の雲海を見下ろした。

「よし！　じゃあ上っていこう。頂上には孔雀がいるよ」

「孔雀！　凜、知ってるよ。大きな羽のきれいな鳥だよね」

凛の言葉に伊津子がにやにやしながら答える。

「さあ、どうだったかな。おばあちゃん、動物園は久しぶりだから忘れちゃったな」

「おばあちゃんは、すぐそういうことを言う。あんまり人をからかわないの」

凛の口調がかかさんそっくりで、ハッとした。かかさんが亡くなったとき、凛はまだ三歳だったのに。どこで聞き覚えたんだろう。

「凛ったら、おおばばちゃんの真似して。大人ぶってるのね」

佳澄の言葉に凛が「えへへ」と笑う。

「私の真似？　かかさんじゃなくて？」

思わず呟いた言葉を、車いすを押しながら歩く伊津子が小さく笑う。

「おおばばちゃんは、かかさんとそっくり同じように言うもんね。遺伝なのかもしれないよ」

遺伝、そうなのだろうか。私にも母と同じ強い心が本当はあるのだろうか。

「ほら、母さん。孔雀がいたよ」

伊津子に言われて目を上げると、ちょうど孔雀が羽を大きく広げたところだった。凛が駆け寄って孔雀に手を振っている。

「ママ、スマホ貸して！　孔雀の写真撮る」

「はい、はい」

今の子どもが写真を撮る時に使うのはスマートフォンなんだな。私が小さい頃は重くて大きな黒いカメラだった。高級品で、みんなが持てるものではなかった。それでもかかさんはばりばり働いてカメラを買って、私たち子どもに思い出の写真を何枚も残してくれた。そんなかかさんだから、みんなも忘れないのだ。私は、どうだろう。すぐに忘れられてしまうんじゃないだろうか。

「さて。これで一周したわね。みんな、もう一周する？」

伊津子の言葉に凛が手を挙げて「ぞうさん見たいです！」と元気に言った。佳澄も手を挙げて「ペンギンが見たいです」と言う。

「どっちも正門の近くだから、帰る時に見ようか。おおばばちゃんは、なにか見ておきたいものある？」

私はこの動物園の頂上から正門まで下る苦労をみんなにかける心苦しさを感じている。それなのに、これ以上、面倒をかけるわけには……。

「おおばばちゃん、お猿見ようか」

明るい声で凛が言う。

「凛が迎えに行ったから、おおばばちゃん、好きなだけお猿を見ていられなかったでしょ。もう一回、見に行こうよ」

「でも、みんな疲れたでしょう。車いすを押してくれて重いんだから。私はもういいわ」

「母さんは、すぐそんなことを言う」

本当に口調も遺伝するのだろうか。伊津子の言い方は、凛と同じように、かかさんそっくりだ。

「むかーし昔、私をベビーカーに乗せてくれたでしょう。そのお返しよ」

伊津子が言うと、凛が佳澄の腕をつつく。

「じゃあ、凛はママの車いすを押してあげるね」

「ありがとう。でも、まだちょっと早いかな」

ひ孫と孫のにこやかな会話を聞いていたら、私も少し明るい気持ちになった。

「伊津子、もう少し面倒をかけていい？　もう一度、猿山に連れていって」

「面倒なことなんてなにもないわよ。さあ、元気に行こう！」

みんなは交代しながら坂を下り、くねる道を進んだ。私がわがままを言っても、みんな苦にもしていないみたいだ。やはり遺伝なのか、かかさんの強さを持っている。

「はーい、到着でーす」

凛が猿山の前で車いすを止めた。猿たちはエサの時間らしく、みんな手にさつまいもやリンゴを持って、思い思いの場所で一生懸命かじっている。

あの老猿は無事にエサにありつけただろうか。他の猿に横取りされていないだろうか。さっき老猿が座っていたところに目をやっても見当たらない。猿山を隅から隅まで見渡すと、いた。

老猿は山のてっぺんにいた。足許には真っ赤なヤマモモが五つ置いてある。

かわいそうな猿だと思っていたけど、とんでもない。老猿は猿山の頂上に登れる力を持っていたのだ。

「おおばばちゃん。好きなお猿がいる？」

「うん。あのお猿が大好き」

老猿を指差すと、凛が猿に向かって手を振る。

「やっほー！　お山は楽しいですかー！」

佳澄が笑いながら凛の頭を撫でる。

「お猿さんも山登りが好きなのかな」

「かかさんみたいだね」

二人の言葉を伊津子は微笑ましそうに聞いている。

「母さんも、もう一度、登山してみない？」

「私はもういいわよ。こんな足じゃ、山登りなんて出来ないわ」

かかさんは偉かった。最期まで好きな登山を諦めなかった。でも、かかさん。

私は猿山くらいで十分。ここから見えるもので満足だってやっとわかった。

「次はおおばばちゃんも歩いてくるから、またみんなで来ようね」

「母さん、リハビリする気になったの？」

「かかさんには負けるけど、私もみんなと歩きたいから。帰りには銭湯に寄って、またみんなでお猿のノミ取りみたいに背中の流しっこしようね」

「うん！　凜がかかさんの代わりに、おおばばちゃんのお背中洗いましょうね」

今度は私が凜に背中を洗ってもらえる。私が伊津子の背を、伊津子が佳澄の背を。いつか、凜の子どもが生まれたら、その子の背を私が洗ってあげる。その日が楽しみで、私は浮かれて猿に手を振った。

「やっほー、猿ちゃん。また来るからね！」

私の言葉がわかったかのように、老猿が顔を上げた。そのタイミングの良さがおかしくて、私たちは明るい声を上げて笑った。猿山に反響して笑い声が広がる。猿山のやまびこは、いつまでも私たちの胸に響き続けた。

番い鳥のフォレルスケット

烏丸紫明

削りたての花かつおを鍋にたっぷりと入れて、コンロの火を消す。

キッチン中に、お出汁のいい香りが広がる。

「お母さん、この潰した豆腐はどうするの？」

「どれどれ？　――うん、いい感じ。具材を全部入れたら、片栗粉と溶き卵を加えてしっかり混ぜる」

「片栗粉と溶き卵ね。分量は？」

「ええと……いつも目分量だから……大匙一……じゃ少ないか。二ぐらい？いや、二じゃ多いかな？」

大匙一と半分を量って入れると、母が「そうそう、そのぐらい」と頷いた。

「溶き卵は一個の半分ぐらいかな？　それも様子を見ながら調節して」

レシピを教えてくれる母の声が心地いい。

母娘《おやこ》でキッチンに立つこの時間が、私はとても好きだ。

いつか私も結婚して、家庭を持って――娘に自分の味を教えてあげられたらいいなと思う。

「お母さん。最近、体調はどう？」

「え？　ああ、大きく崩すことはあまりなくなったかな。過信したりせずに、自分の身体の状態をしっかりチェックしてるから」

「そっか、それはよかった」

安心して唇を綻《ほころ》ばせると、母もつられて穏やかに微笑んだ。

「お父さんに苦労はかけたくないし、遠くで頑張ってる真琴《まこと》たちに心配かけるわけにもいかないからね。気をつけてるよ」

その言葉に、思わず手が止まる。

モヤッとしたものが胸内に広がる。

「……そっか」

寒暖の差が激しくなるからか、それとも気圧の乱高下が多くなるからなのか、母は昔から春と秋には体調を崩しがちになる。

私が中学生のころからで、ひどい時は半月以上ベッドで過ごしたこともある。

「…………」

ああ、まただ……。この気持ち……。

父や自分のことを想ってくれているからこその言葉だ。――わかっている。

それなのに、なぜだろう？　モヤモヤする。

昔から、そうだった。

時折、母の気遣いに不快感を覚えることがあった。

とくに、母が申し訳なさそうに言う『ごめんね……』は大嫌いだった――。

＊＊＊

「ごめんね……」

氷枕を用意してくれた貴之《たかゆき》に謝る。

「何が」

貴之はムッとした様子で眉を寄せて、私の頭の下に氷枕を突っ込んだ。

「いや、何がって……」

「……病院の予約してくる」

それだけ言ってさっさと立ち上がり、そのまま部屋から出て行ってしまう。

私ははぁーっとため息をついた。

実家から帰って数日後――私は高熱を出してしまっていた。

ああ、これでいったい何度目だろう？

貴之と同棲をはじめて、そろそろ一年。その間に――もう数え切れない。

「お母さんを心配してる場合じゃないって……」

実は私は、母以上に体調を崩しやすかった。崩しやすくなったと言うべきか。

子供のころはそうでもなかったのに、大人になってからはちょっとしたことですぐに熱を出してしまうようになった。普段から不眠症気味で、疲れがたまりやすいからだろうか？

さすがに一週間も二週間も寝込むことはないけれど、でも一日二日だったら迷惑をかけてもいいというわけではない。

漏れ聞こえる病院の予約を取る電話の声を聴きながら、さらにため息をつく。

休むべき日に、看病をさせてしまうなんて本当に申し訳ない。

それに、今日は動物園にデートに行く約束だったのに。

「行きたかったな……」

せっかく、貴之が誘ってくれたのに。

約束を反故《ほご》にして、貴重な休みを潰して——どうして私はこうなんだろう？

貴之は優しくてめったに怒らないから、よけいにつらい。

迷惑ばかりかけてしまっていることが、心苦しくてたまらない。

「本当に、情けない……」

ひどい自己嫌悪に陥っていると、ノックの音に続いてドアが開いて、貴之が顔を覗かせた。

「病院、午後診療になると思ってたけど、すぐでも大丈夫だって。行こうか」

「あ……そうなんだ……」

ホッとする。午前のうちに病院に行ければ、午後は貴之に好きなことをして過ごしてもらえる。

「着替え持ってきた。着替えられるか？　先に洗面所に行くか？」

「あ……じゃ、じゃあ、洗面所に……」

「ん」

貴之が着替えをサイドチェストに置いて、起き上がるのを手伝ってくれる。

「立てるか？」

「う、うん……」

そのまま助けを借りて、ベッドを降りてゆっくりと立ち上がる。

その時――だった。

「ッ……！」

視界がぐにゃりと捩じれる。

激しい眩暈《めまい》に目の前が暗くなり、ぐらりと身体が傾ぐ。

「真琴！」

私は貴之の腕の中に倒れ込み、そのまま二人して膝から崩れ落ちた。

「真琴！　大丈夫か⁉」

「ぐっ……！」

吐き気が胸を突き上げ、慌てて両手で口もとを覆う。しかし、間に合わず。

私はそのまま貴之の腕の中で吐いてしまった。

「真琴！」

貴之が私を抱き締め、背中を擦ってくれる。私はゴホゴホと咳き込んだ。

部屋の中に、饐《す》えた臭いが広がる。

苦しくて、苦しくて――でもそれ以上に恥ずかしくて、申し訳なくて、私は

貴之のパーカーに爪を立てた。

「ご、ごめんなさいっ……！　こ、こんな……ゴホッ……」

涙があふれそうになる。ああ、どうして私はこうなんだろう？

「ごめんなさい……！　ごめんなさい……！」

「いいから、全部吐け！」

私を抱き締める貴之の腕はとても力強く、背中を擦る手はひどく優しい――。

それでも、私は謝ることをやめられなかった。

＊＊＊

結局、午前診療には間に合わなかった。

「ごめんね……。本当にごめんなさい……」

少し落ち着いて──着替えてベッドに戻ってからも、それは止まらなかった。

「約束を反故にして、貴重な休みを潰して、面倒をかけて……」

あげくに吐瀉物《としゃぶつ》の掃除までさせてしまった。

「本当に、ごめんなさい……」

「──謝るな」

床を掃除していた貴之が、はぁーっと息をつく。

その苛立った様子に、私はビクッと身をすくめた。

「っ……ごめんね。わ、私……」

「謝るなって！」

さらに謝ってしまった私に、貴之が珍しく声を荒らげた。

「大事な人が苦しんでるんだぞ！　デートがなくなった？　休みが潰れた？　そんなことで怒ったりするか！　そんなことはどうだっていいよ！」

驚いて口を噤むと、貴之はさらに深いため息をついてベッドに腰を下ろした。

「俺は、お前がそうやって自分を責めて何度も謝るほうが嫌だ！」

「た、貴之……」

「逆の立場だったらって考えてみろよ。お前は『デートの約束を破った』って『貴重な休みを潰した』って俺を責めるのか？　そんなことしないだろ？」

「そ、そりゃ……しないけど……」

「じゃあ、なんで俺が怒るって思うんだよ？」

私をにらみつけ、貴之がきっぱりと言う。

「そんなことで怒ったりするかよ」

「で……でも……」

「でも、じゃない。申し訳なく思う気持ちはわかるよ。だけど、もっと甘えてくれていいんだ。頼ってくれていいんだよ」

「甘えて……？」

「そう」

貴之は頷くと、覆い被さるようにして私を抱き締めた。

「家族じゃないか……」

思わず、目を瞠《みひら》く。

『家族』――その言葉はまるではじめて聞いた調べのように美しく、鮮烈で、私の心を激しく揺さぶった。

瞬間、自分の中で何かがカチンと音を立ててはまる。

涙があふれた。

ああ、そうか……。そうだったんだ……。

私は両手で顔を覆った。

母の『ごめんね……』が大嫌いだったのは、そういうことだったんだ……。

昔から感じていたあのモヤモヤの正体を、ようやく知る。

謝らないでよ。なんで謝るの？　体調を崩したくて崩してるわけじゃない。

誰よりも本人こそが、『健康でありたい』と願っている――そんなことぐらいわかってるから。

申し訳なく思う気持ちはわかる。でも謝らないでほしい。遠慮しないで、もっと甘えてほしい。頼ってほしい。

『ありがとう』って笑う顔が見たいよ。大切だから。大好きだから。

心配かけたくないなんて言わないで。心配はするよ。心配ぐらいさせてよ。

家族なんだから――。

「っ……」

お願いだから、自分を責めないで。誰も迷惑だなんて思ってない。

だって、家族が助け合うのは当たり前でしょう？

大切な人の助けになれるのは、幸せなことでしょう――？

雫がいくつもいくつもほろほろと、こめかみへと滑り落ちてゆく。

ああ、そうだ……。大好きだからこそ、大切だからこそ、謝られたくない。

その気持ちは、よく知っていたはずなのに……。

「家、族……」

「そう。実は、今日プロポーズするつもりで……」

「え……？」

プロポーズ？

思いもしなかった言葉に、パチパチと目を瞬く。

もしかして、それで動物園に行こうって――？

「貴之……？」

ぽかんとして貴之を見ると、彼は顔を赤くして小さく肩をすくめた。

「そういうわけだから、元気になったらやり直させて」

＊＊＊

四月の心地よい風が、ざわりと桜の枝を揺らす。

雲一つない淡い青空にパッと薄紅が舞い散るさまは、息を呑むほど美しい。

次の休みの日——私たちは動物園に来ていた。

たくさんの動物たちを見て回ったあと、貴之は「ここに来たかったんだ」と丹頂鶴《たんちょうづる》の柵の前で足を止めた。

柵の向こうの小高い丘で、二羽の丹頂鶴が寄り添うように立っている。

「丹頂鶴の番《つが》いって一生添い遂げるんだって」

その美しい姿を見つめて、貴之は口を開いた。

「とても愛情が深くて、番いとなったら、どちらかが死ぬまで絶対に離れない。一生苦楽をともにするんだって」

「そうなの？」

「たまに死んでも離れないものもいるそうだよ。相手が朽ちて骨になっても、傍から動かないらしい」

そこで言葉を切り、貴之が私を見つめる。

「もう一度言うよ？　苦楽をともにするんだ」

「苦楽……」

「うん。そうでありたいって思う。楽しいことだけを共有するんじゃなくて、苦しいことも、つらいことも、全部。結婚式でも、『病める時も、健やかなる時も』って誓うだろう？」

添い遂げるとは、そういうことなのだと思う——。

貴之はそう言って、私の手を握った。

「真琴と家族になりたい」

「っ……貴之……」

「俺と、添い遂げてください」

胸が苦しいほど熱くなる。

私は貴之の手を強く握り返した。

「絶対に、たくさん迷惑かけるけど……」

「かけてよ」

きっぱりと言って、貴之は笑った。

「丸ごと愛してみせるから」

春の空のように清々しく爽やかな笑顔に、胸が締めつけられる。

ああ、こんなに幸せなことがあるだろうか？

「両親に報告に行かないと……」

涙が零れそうになるのを必死に堪えて、私は笑い返した。

大切な人たちに伝えなきゃ。この幸せを共有しなきゃ。

「娘はやらんって言われたりしてな」

「まさか。めちゃくちゃ喜んでくれるよ」

最高の笑顔を見せてくれるはずだ。

私は数歩下がって貴之に正面から向き合うと、スカートを持ち上げて優雅にお辞儀をした。

まるで、丹頂鶴の求愛ダンスのように。

「ふつつかものですが――」

末永く苦楽をともにいたしましょう。

そこにはきっと宝物があるから

猫屋ちゃき

(毎日毎日やってきて、この人間は何してるんだろって思われてんだろうな)

スケッチブックに鉛筆を走らせながらそんなことを考えたら、何だか猛烈に悲しくなってきた。夕暮れどきの動物園のアスファルトの地面に座り込んでいると、何かが胸にしみてくる。

学校の課題の進みが芳しくなくて、ここのところ連日、授業のあとで動物園にやってきている。別に動物園でなくてもいいのだが、俺にとっては人間を描くより動物を描くほうが性に合っているから。

平日の動物園は、人間の数より動物の数のほうが圧倒的に多い。そのせいか、動物たちも見られる側から見る側に意識が変わるらしく、毎日やってくる変な人間を不思議そうに見てくる……気がする。

でも、動物はいい。俺のことを変だなと思ってもわざわざそれを伝えてくることはないし、咎めることもない。変なやつを変なやつとして受け止めてそのままにしてくれるから、すごく気が楽だ。

今もシマウマの親子に怪訝そうに見つめられながら、その縞模様をスケッチブックの上に描き起こしている。なかなかうまく描けているとは思う。だが、どうにもしっくり来なかった。

「愛のある景色って何だよ、愛のある景色って……」

課題のテーマを声に出してみたら、ゾゾッと鳥肌が立った。テーマが発表されたときの周りの雰囲気からして、ほとんどのやつらが人間を描くみたいだったが、ただでさえ苦手な感じのテーマな上に人間なんか描いてられるかよと思って、俺は動物園に来た。

愛とか意味がわからないし、人間は嫌いだ。だから俺は動物を描く。でもきっと、今回の課題で良い講評をもらうのは、日頃つるむことにばかり一生懸命なやつらなんだろう。

「群れたがる人間、キモッ……」

教室の雰囲気を思い出したら、気分が悪くなってきた。そのせいか、絵の調子もよくない気がする。

誰かに勝ちたくて絵を描いていたわけではなくて、ただ絵が好きだから専門学校に入ったはずなのに。人嫌いが悪化してから、負けたくないという気持ちが強くなってきてしまった。

人付き合いが苦手なのは、子供のときからだ。それでも、大好きな絵があったから何とかやれていた。絵を描くと、「上手だね」と褒めてもらえる。絵に関する会話が生まれる。それで周りと関係を作れていた。

でも専門学校に入ってからは周りは同じくらいうまい人間が集まっているし、何より「上手だね」の褒め言葉も信用ならないと感じている。

「……なぁにが、『泰樹《たいき》くんは絵が上手だよね』だよ」

入学してすぐ、俺の絵を褒めてくれた女子のことを思い出して苦い気持ちになった。その子はことあるごとに俺の絵を褒めてくれた。でもそれは、グループで組んだときに課題を俺に押しつけるための作戦だったのだ。俺に課題を押しつけてその子は男とデートに行っていた。ついでに言うと、その男はわりといつも良い講評をもらっている。それに「あいつ変なやつのくせにつまんねー絵しか描かねえな」と、俺の絵を見て言っていて、あの子も笑っていた。

……世の中クソだ。そのことに気づいたら人間嫌いが悪化したたし、絵を描くのが前みたいに楽しくなくなっていた。

「あの小ささであの子もワケありか……？」

シマウマを見るのに飽きて周囲を見回すと、十歳くらいの少年が目に入った。毎日見かける少年だ。今日もまた来ている。どうも小学校が終わったくらいの時間から、閉園の夕方五時までいるみたいだ。

動物が好きなのかと思いきや、その顔は全然楽しそうではない。親と一緒のところも見たことがない。

だから、お節介かと思いつつも気になって話しかけてしまった。

「毎日来てるみたいだけど、動物好きなの？　誰か大人と一緒じゃないの？」

少年のそばまで行って、最大限にこやかに声をかけてみた。明るくもイケメンでもないやつなんて子供にとっては不審者だろうから、できる限りの配慮だ。

だが、少年は俺を一瞥すると、また目の前のサイに視線を戻した。

「……知らないおじさんに話すことなんて何もないよ」

「お、おじさんて……まあ、そうだな」

まだ十九歳の俺に向かっておじさんはないだろうと思ったが、少年の言っていることは概ね正しい。このくらい危機意識があることは大事だ。

それに、さっきから何となくこちらを気にして近くを歩き回っている飼育員がいる。ひとりでいる子供に誰かが気を配ってるのなら……俺の出る幕はない。

そう判断して俺はその少年から離れて、絵の題材を探すためにこの場を離れることにした。

俺はそれからマレーグマのところまで移動して、スケッチすることにした。

愛という言葉に踊らされてシマウマの親子を描こうとしていたが、よく考えたら親子とかつがいとか家族とかを愛とするのは、何となくだめな気がしたのだ。

だからあえて、毎日あまり見に来ている人がいない様子のマレーグマを選んだ。クマといいつつテディベア感はなく、フォルムがふわふわではなくぬるっとしていて手放しに可愛いとはいえないこのクマを、こうして見つめる俺の眼差しこそ、愛なんじゃないか……みたいな視点で乗り切ろうという作戦だった。

「……って言ってもやっぱり、アイはアイでも哀愁の哀が勝つな」

マレーグマは展示スペースの隅に座り込んで、背を丸めている。その姿はまるで、仕事帰りの疲れたおじさんのようだ。どうにか可愛く描けないだろうかと描きこむほどに、可愛くなくなっていく。

「何してるの？」

スケッチブックの上に浮かび上がるマレーグマの哀愁に頭を抱えていると、先ほどの少年がすぐ近くまで来ていた。さっきは「知らないおじさんに話すことなんて何もないよ」なんて言っていたくせに、どういう風の吹き回しだろうか。

「学校の課題で、絵を描いてるんだ。でも、あんまうまく描けなくて困ってた」

答えるのもどうかと思ったが子供を無視するなんてできなくて俺が言うと、少年は首を振った。

「上手だよ。おじさんっぽさがよく描けてる。見てたら悲しくなってくるもん」

「……それじゃだめなんだよなぁ」

おじさんっぽいとか見てたら悲しくなるとか、たぶん一番感じさせてはいけないことだ。哀愁を感じさせる景色というテーマなら満点だろうが、残念ながらテーマは愛だ。でも、褒められたのは素直に嬉しい。

「テーマに合う動物、探しに行かなきゃいけねぇかな……」

俺が立ち上がろうとすると、少年がじっと見つめてきた。行くなということみたいだ。

「……ぼく、コータロー」

突然、少年が名前を名乗る。これはつまり、自分が先に名乗ったからお前も名乗れということなのだろうか。

「お、俺は泰樹。ちなみにおじさんじゃなくて、十九歳な」

名前を言ってから、一応年齢も付け足しておいた。コータローは特に反応しなかったが、名前を知ったことで少し打ち解けた雰囲気になる。

「コータローは、何しに来てるわけ?」

「ママが『ここには宝物がいっぱいよ』って言ってたから探しに来たんだけど……ママと来たかったな」

「あ……」

俺も聞かれたからコータローのことも聞いてみようという軽い気持ちで尋ねたら、何か深刻な返答がきてしまった。

毎日毎日コータローはひとりで動物園に来ていた。それなのに楽しくなさそうだったのは、母親を亡くしたばかりだったのか。事情がわかると、すごく可哀想に思えてきた。こんな子供なのに母親を亡くして、寂しくないわけがない。

「ママは入院してたから、僕はずっといいこにしてたんだよ」

コータローは、ぽつりと呟いた。きっと誰かに聞いてほしかったのだろう。こういうとき、子供の慰め方がうまいやつはいると思うが、俺はそういうのが苦手だ。それでも、コータローをこのままにしておけなかった。

「コータローは、何の動物が好きなんだ？」

「え？　キリンだけど」

「じゃあ、キリンのところ行くぞ」

俺にできるのは絵を描くことくらいだ。だからせめて好きな動物の絵を描いてやろうと、俺はコータローの手を引いてキリンの檻のところまで行った。

「コータローのママの髪は長い？　短い？」

「えっと、肩くらいまで」

「わかった」

絵を描くことしかできないとも言えるが、ポジティブに考えれば絵が描けるのだ。それなら、絵の中でだけでも母親と再会させてやれる。こんな小さな子が、ママと動物園に来たかったと言っているのだ。作り事でも、叶えてやりたい。

「コータロー、できたぞ」

「できたって……わあ！」

集中して鉛筆を走らせ続けて、俺は手早く絵を完成させた。その描き上げた絵をスケッチブックからちぎって差し出せば、コータローの目がたちまち輝いた。

「ママだ。ママと僕だ」

絵をじっと見てコータローは言う。コータローは目の前にいても、母親の姿は知らない。だから、そのあたりは完全に想像だ。それでも、コータローは俺の描いたものに母親の姿を感じ取ってくれたらしい。

「ママと一緒にキリンを見たことを思い出したよ。ママが言ってた〝宝物〟って、思い出のことだったんだね」

コータローはそう言って、感激したように絵をぎゅっと抱きしめた。その顔は晴れやかで、何だか幸せそうだ。

自分の描いた絵で誰かが幸せになってくれるのは、正直言って嬉しい。でもコータローの事情を考えると胸が痛くなって、俺は泣きそうになってしまった。

母親を亡くしたっていうのに、こんなに小さな子供が泣かずに頑張っているのだ。見ず知らずの俺が泣くわけにはいかないから、何とか涙は堪えた。

でも、目が潤むのはどうにもならなかったみたいだ。

「え？　何で泰樹くん泣いてるの？」

「は？　泣いてないって。あくび我慢してたんだよ」

「ふーん」

コータローは納得していない表情だが、認めるわけにはいかない。それは俺のプライドの問題でもあるし、泣かずに頑張ってるコータローへの労りでもある。

「もうすぐ閉園時間だ。遅くなると危ないから、早く帰れよ」

話しているうちに閉園を知らせるアナウンスが流れてきたから、俺は手早くスケッチブックや鉛筆を片付けた。でも、コータローが帰る様子はない。

「僕、お父さんと一緒に帰るから」

「あ、そっか。迎えがあるんだな。それなら、安心だ。じゃ、俺は帰るから」

「うん、またね」

また会うかどうかはわからないけれど、俺は笑って手を振った。父親が迎えに来るのを健気に待っていたのかとか、父親がいてよかったとか、そんなことを思ったらまた泣きそうになるから、足早に出入り口へと向かったのだった。


そのときは、もうきっとコータローに会うことも動物園に行くこともないだろうと思っていたのに、俺はあれから少ししてまた課題のためにやってきていた。

悩んだ末、愛のある景色というテーマの課題として、マレーグマを見つめる自分の姿を描いたものを提出した。コータローと母親がキリンを見ている絵みたいなもののほうが、うけがいいのはわかっていた。でも、あの子のことを描いて提出することは、あの子のことをお涙頂戴の題材として利用してしまうような気がして、何となく嫌だったのだ。

それに、マレーグマの絵は妥協で提出したわけではなく、自分なりによく描けたんじゃないかと思っていた。でも、講師には「課題のテーマをよく頭で考えて取り組むように」と言われてしまった。

納得がいかないしめちゃくちゃ悔しいから、新しい題材を探しに再び動物園を訪れた。そこで、俺はコータローに再会したのだった。

「あ、泰樹くん！」

「お、コータロー……と？」

コータローは俺に気づくと、元気よく走ってきた。その背後には、彼を見守る大人の男女が二人。コータローのことをにこやかに見つめている。

女性のほうは、肩くらいまでの髪の長さの優しそうな人だ。男性のほうは、よく見ればコータロローのそばをうろうろしていた飼育員だった。

「今日はパパとママと一緒に来てるんだ！」

「え……パパ、はわかるけど、ママ……？」

「ずっと入院してたんだけど、やっと退院したんだ！　だからやっと一緒に来られた」

「あ、なるほど……」

コータローの説明によって、俺はようやく自分の勘違いを理解した。俺はコータローは母親を亡くした気の毒な少年で、毎日仕事が終わった父親が迎えに来るのを、母親との思い出がたくさんあるこの動物園で待っているのだと思っていた。

でも実際は、母親は入院していて、父親が働く動物園で仕事が終わるまで待っているだけだったらしい。

勝手に悲しいストーリーを想像していただなんて、恥ずかしくて絶対に言えない。だから俺は動揺したのを悟られないよう、余裕の笑みを浮かべてみた。

「よかったな、コータロー」

「うん！」

頭をわしゃわしゃ撫でてやれば、コータローは嬉しそうに笑う。この前会ったときより、ずいぶん素直だ。やっぱり、思いきり甘えられるのがいいみたいだ。

「先日は、ありがとうございました。私が長いこと入院して寂しい思いをさせてしまっていたので、あの絵をいただいてこの子、本当に喜んでたんです。お会いできたらお礼を言いたいと思っていたので、よかったです」

「いえいえ！　たまたま、俺は絵を描くのが得意なだけだったんで！」

コータローの母親と目が合うと、にっこり笑ってお礼を言われて、俺は慌ててしまった。お礼を言われることをしたつもりはないし、言われると何だかくすぐったい。でも、当然悪い気はしなかった。

「それで、お礼と言ってはなんですが、よかったら彼女さんやお友達と来てくださいね」

コータローの父親もニコニコして、俺に何か差し出してきた。それは二枚のチケット――この動物園の入場券だった。

「え、あ……」

「何度も来てくださってて、きっと動物がお好きなんだろうなって思って」

「あ……ありがとうございます」

コータローの父親があまりにも嬉しそうな笑顔でいるから、俺は素直にチケットを受け取った。当たり前のように彼女や友達がいると思うなよ――そんな悪態をつきそうになったが、目の前の幸せな親子の姿を見たら言えない。

それに、今回のことでちょっとだけ人間が好きになれそうな気がしたのだ。というよりも俺は人間が嫌いなんじゃなくて、人付き合いが苦手なだけなのかもしれない。だから、コータローのことは心配だったし、この家族の姿は素直にいいなと思えた。

今はまだ彼女も友達もいないけれど、いつか大切なものを共有してもいいと思える相手に出会えたら。そのときは一緒にここに来たいと思う。

パンダが来た！

霜月りつ

リビングにでてくると、孫娘の真美《まみ》が母親のノートパソコンを開いていた。熱心に見ている画面を背後から覗き込むと、動画のようだ。画面の中では白と黒の毛玉が動いている。

「おっ、パンダかあ」

「うん、ぱんだ、かあいいよねぇ！」

小学校に上がる前なのに、器用に指先で画面を動かし、俺にも見せてくれた。

「まみ、まだぱんだみたことない。みたいわあ」

「ふうん」

俺は画面の中でコロコロと転がる愛らしい大型獣を見つめた。

「じいじはパンダ見たことあるで」

「えっ、ほんま！」

真美は大きな目で俺を見上げる。このくらいの子供の目はほんとにきらきらと輝くのだ。

「いつぅ？　どこでぇ？」

胸の中にくすぐったいような、切ないような思いがこみあげる。

「うん、あれは――じいじが小学生のときやったわ」

パンダが日本にやってきたのは一九七二（昭和四七）年の秋だった。日中友好の証として贈られた、白と黒のおだんごのような愛らしく奇妙な動物がテレビに映った瞬間、日本人はたちどころに魅了された。とくに子供たちの人気は絶大だった。

上野動物園のパンダ舎には連日大行列ができて、二時間並んで三〇秒しか見られないという騒ぎだった。

しかし、見に行けるものはまだいい。俺は大阪の田舎の小学生だったから、東京なんかアメリカくらい遠い場所だった。新幹線は八年前に開通していたが、庶民にはなかなか手が届かない。

俺たちはクラスでマンガ雑誌に載ってるパンダ情報を見たり、図鑑でパンダを見たりするのが精一杯だった。

そんな中、クラスメイトの太一《たいち》が土日に東京へ行って上野動物園でパンダを見たという。みんなは月曜に太一の机を取り囲んでパンダの話を聞きたがった。

「なあ、ほんまに白と黒なん？」

「うん、白と黒やったよ、すげえかわいかったわ」

「なにか食べてたん？」

「笹や。パンダの食いもんは笹の葉やからな。両手でこう持って、足でも持って食ってたで」

「鳴き声聞こえた？　すごい人出やったん？　ガラス越しってホンマ？　なんかお土産買った？」

クラスメイトは矢継ぎ早に質問し、それに太一は丁寧に答えていた。

もともと俺は太一に反発心を持っていた。あいつは頭のいい優等生だ。家も金持ちで車を二台持っている。うちの親父は近くの鉄工所できったないつなぎを着て真っ黒になって働いているのに、太一の親父はサラリーマンで、青いネクタイ締めて灰色の背広着て、しゅっとしててかっこよかった。

太一は元から人気者だったが、今はもうスター並みの扱いだった。

俺も太一からパンダの話を聞きたかったが、なんだか悔しくて絶対俺からは近よらん、話したければ太一からくればいい、と考え、机にかじりついていた。

（ああ、パンダ見たいわ）

その頃の俺の頭の中はそればかりだった。夢にまで見るくらいだった。俺のノートも教科書もパンダの絵で埋め尽くされた。

そんなとき、俺は近所のおばちゃんから驚くべきことを聞いた。

なんと、移動動物園が町内にやってくるというのだ。しかも、パンダの赤ちゃんを連れて。

おばちゃんはチラシを見せてくれた。それにはへたくそな絵でパンダが描いてあった。

移動動物園！　なんやそれ！　そんなんあったんか！

パンダ、パンダが見れる！

俺は入園料の百円を握りしめ、チラシに書いてあった空き地に向かった。

空き地にはすでにたくさんの子供たちが集まっていた。学校の友達もいた。みんな興奮した顔で頬を真っ赤にしている。

その中心に幌をかけたトラックが止まっていて、周囲に小さな檻や段ボールがいくつも並んでいた。

トラックのわきで男の人が木箱に腰掛けていた。髭面の、そのへんで酔っぱらって寝ているようなおっちゃんだった。よれよれのチェックのシャツに腹巻を巻いて、長靴をはいた足を組んでいた。

「さあさあ、移動動物園やで！　入園料たったの百円やで！」

子供たちは決死の表情でおっちゃんに百円を渡した。この頃、ガムが一〇円、ちぎりパンが三〇円の時代だ。百円といえど、子供たちにとっては三日分になる小遣いだ。

しかし、パンダだ。パンダに比べればチョコフレークも、キットカットも、かすんでしまう。

俺も百円をおっちゃんの手に渡し、檻や段ボールを覗いた。

その中には猫や犬やハツカネズミやひよこがいた。羽を切られたオウムもいた。アヒルとでっかいガマガエル……。

「なんや、そのへんにいるもんばっかやん」

子供たちが文句を言い出した。犬や猫なら大金の百円を払わなくてもどこにでもいる。

「よっしゃ、それじゃあいよいよパンダを見せたるわ」

おっちゃんがそう言い、俺たちはわっと歓声をあげた。

おっちゃんはトラックの中にあがると、黒い布をかけた檻を持ってきた。

「ええか？　このパンダは赤ちゃんやさかいな、でっかい声出して驚かせたらあかんで？」

おっちゃんが神妙な顔でそう言うと、子供たちは、俺も含めて、みんな口を閉じた。中には手で口を覆っている子もいた。

「ほんなら……ご開帳――！」

おっちゃんは黒い布をとった。その中にはパンダが！

俺はとまどった。その姿がどうも想像していたものと違ったからだ。

（あれ？）

確かに白と黒だ。耳と尻尾と手足が黒くて胴体と顔が白くて……。でも、なんか……。

子供たちはしん、と静まってその動物を見た。俺らのとまどいがわかったのかおっちゃんはにやにやして言った。

「テレビのパンダとはちょっと、ちゃうやろ？　けど、これは赤ん坊やからや。ひよこと鶏ってえらいちゃうやろ？　あれとおんなじや。こいつが大きなったら尻尾も短なるし、体ももっとまるまるするんやで。ほら、見てみ。首輪にチャイナて書いてあるやろ？　チャイナ言うたら中国のことやねん」

「これほんまにパンダなん……？」

誰かが言った。

「ほんま？」

別な子も言った。

「ほんまにパンダ……」

何人かが言った。

「パンダや！」

みんなが叫んだ。

「パンダ！　パンダ！　パンダ！」

子供たちはわっとその檻を取り囲んだ。静かに見る、というのを忘れて押し合いへし合い、突き飛ばされて泣く子もいた。

「パンダや！　とうとうパンダを見たんや！」

俺は感激して涙まで出てしまった。パンダを見ることで自分が一段上に上がった気すらした。

移動動物園は評判になり、翌日もみんながなけなしの百円を握って空き地に押し寄せた。俺もまた見に来た。

そのとき俺は太一も来ていることに気づいた。

太一も百円を払ってパンダを見たが、その顔はなんだか怒っているみたいやった。俺はそれを自分のパンダ人気がなくなったためやと思った。

ざまあみろ、太一！　これでお前だけがパンダ見たもんやないで！

「これ、パンダちゃう！」

太一が突然言った。

「パンダちゃうで、みんな。だまされとるわ！」

おっちゃんはにやにやしている。

「なに言ってんねん、ボン。これはパンダやで。ほれ、白と黒やろ？」

「ちゃうわ！　こんなんパンダちゃう！」

太一は顔を真っ赤にして叫んだ。

「みんなだまされてるわ！　あほや！　ちゃう、バカや！」

「太一！」

俺はバカと言われてかっとなって言った。関西人にバカは暴言だ。

「なんや、太一。みんながパンダやって言ってんのに、なんでお前だけパンダちゃうって言ってんねん！」

「だって、」

「みんながパンダやって言うのに、お前だけちゃうって言うんはおかしいわ！お前、ほんまに上野でパンダ見たんか！　ほんまはパンダなんか見てへんのちゃうんか！」

「ちゃうわ、おれ、ほんまにパンダ見たんや！」

「嘘や！　お前見てへんやろ、嘘つき！」

太一はびっくりした目で俺を見た。

「嘘つき！　嘘つき！」

他の子供たちも一斉に太一に向かって怒鳴った。みんな、自分の見ているものこそパンダだと信じていた。

太一の目に涙があふれた。

「嘘ちゃうもん……」

太一はそう呟くと空き地から走って行った。

「さあさあ、ケチがついてもうたし、もう動物園は閉園や」

おっちゃんがパンパンと手を叩いた。

「おっちゃん、明日も来るん？」

俺はおっちゃんに聞いた。

「お前、あのボンと友達か？」

おっちゃんが逆に聞いてきた。

「うん、まあ……」

「そっか」

おっちゃんはガリガリと頭をかいた。

「ほな、明日、仲直りしぃや」


しかし、移動動物園はそれっきり現れなかった。百円を持った子供たちは空き地で暗くなるまで待ったが、幌をかけたトラックが来ることはなかった。

その夜、帰ってきた親父がおふくろに話していることを聞いて俺は驚いた。

移動動物園をやっていたおっちゃんが警察につかまった。詐欺だということだった。白と黒のパンダは、実はペンキで白く塗られた狸だった……。

翌朝、俺は重い気分で学校へ行った。太一と顔を合わせるのがつらかった。太一のいうとおりアレは偽物で、俺たちは騙されていたのだ。なのに太一を嘘つき呼ばわりしてしまった。

偽の動物園の話はきっとみんなが知っている……。

教室に入るとなんだか静かだった。みんなこそこそと内緒話をしているようだった。移動動物園に行った子たちは気まずそうだった。

太一は席について本を読んでいた。俺のほうは一度も見なかった。

太一に謝らないと……。俺はそう考えてその日を過ごした。でもどうやって謝ればいいんだろう？

一限、二限、三限とすぎて、休憩時間は三回もあったのに俺は太一に話しかけることすらできなかった。

生まれてから今まで、こんなに頭の中がもやもやしたことはなかった。胸がぎゅうっと押し潰されそうで、なにか吐き出したいのに詰まっているようで苦しかった。

四限目は習字の時間だった。先生が手本の紙を黒板に張り、それを見て書く。俺は硯に水を垂らし、墨ですった。

俺は墨をするのが苦手でいつも手を真っ黒にしていた。この時も手に墨がついてしまった。

(真っ黒や……)

俺は指先を見た。あのパンダは狸やった。狸を白く塗ったんや。塗った……。

(そうや!)

俺は筆を墨の中につっこんだ。そしてその筆を顔に向けて――

「パンダやあ!」

俺は椅子の上に乗って立ち上がった。みんなに見えるように顔を上げて。

みんなは驚いて俺を見た。とたんにどっと笑いが爆発した。

俺は墨で手のひらと目の周りを丸く塗りつぶしたのだ。

「パンダや！」

俺はそう言って太一を見た。太一はあっけにとられた顔をしたが、すぐに爆笑した。

「太一、ごめん！」

俺は太一に向かって頭を下げた。太一は涙を流しながら笑っていた。うんうんと何度もうなずいてくれた。

太一は許してくれた。

俺は先生にがっつり怒られ、帰りまで顔の墨はなかなか落ちず、おふくろにも怒られた。

そうして俺たちのパンダ騒動は終わった。

孫娘とパンダ動画を見ていてその頃のことを思い出した。

俺たちは子供だった。子供の頃があった。

単純でなんにでも夢中になって騙されて怒って喧嘩して笑って許して。かけがえのない大事な子供時代。

「ほんならじぃじがみたのはにせもんやったん？」

「そうや」

「なぁんだ」

「そやからな、いつかじぃじと本物のパンダ見にいこうなあ」

柔らかく小さな体を腕の中に入れ、俺は子供の甘い匂いを嗅ぐ。

（パンダや！　パンダや！）

あの興奮。切なくてあったかい、子供の頃の記憶。

懐かしい昔を思い出させてくれた画面の中の白黒の毛玉。今度はちゃんとお前に会いにいくからな……。

ちいさなぼくとネコのあいだに、クマがはいってゆきました

嶋見すた

命をろうそくの火にたとえるのは、消えると部屋が暗くなるからだ。

私の腕の中で、シッタはふっと息絶えた。享年《きょうねん》はたぶん十六。猫としては大《だい》往生《おうじょう》だけれど、人からすればその一生はあまりに短い。

苦楽をともにした相棒を失い、私は深夜のリビングでおいおい泣いた。なんか暗いなと、夫がキッチンの蛍光灯も点けた。その後に無言で肩を抱いてくれた。クールだなと思ったら、あごの先までハナが垂れていた。

朝になり、四歳の息子が起きてくる。シッタの逝去《せいきょ》を伝えると、彼はぽかんとしていた。それでいて私のスカートを握って離さなかった。失った悲しみを理解する前に、初めて死に触れてフリーズしたのだろう。

私は息子の頭をなでながら、ペット霊園に電話した。翌日に葬儀を手配できたので、シッタの体を拭いたり花を飾ったりする。

その段になって、息子はようやく永遠の別れを理解したようだ。彼はシッタの冷たい体に触れてさめざめと泣き、テレビを見て笑ったあとにしくしくと泣き、おやつを食べ終えてからもぐずぐずと鼻をすすった。

息子が一番号泣したのは、翌日にシッタを棺《ひつぎ》に収めたときだ。過呼吸ではと疑うくらい、彼はぜいぜいと苦しそうに嗚咽《おえつ》した。その様子には私も夫も、火葬場の職員さえも、胸をぎゅうぎゅうと締めつけられた。

しかし拾骨の際には、悲しみよりも好奇心が勝ったらしい。息子は箸を片手に、きらきら目を輝かせてお骨《こつ》をつまんだ。彼は石膏《せっこう》を削って化石を発掘する玩具を愛している。

葬儀は滞《とどこお》りなく終わり、私たちは箱に入ったシッタを連れ帰った。

一週間がすぎ、ようやく心も生活も落ち着いた。

けれど、悲しみはふいにやってくる。

部屋が広くなった、暗くなったと感じたのはもちろん、私はソファに座りながらも、無意識に足で〝ふわふわ〟を探していた。

夕食のオムライスを息子がこぼしたときも、いつものように慌ててタマネギを拾ってから、「あ……」と気づいて、うっかり落涙した。

私はシッタと十年以上暮らしたから、そう簡単には立ち直れない。

それに比べれば、息子が小さな家族とすごした時間は短い。彼は日常で喪失感を覚えないらしく、普段と変わらず元気にすごしていた。

とはいえ念のため、日課の読み聞かせはやめていた。絵本の大半は動物が出てくるので、いたずらに彼を悲しませたくない。

やがてなにごともなく、ひと月がすぎた。

けれど、変化はふいにやってくる。

息子が明けがたに泣くようになった。彼は寝ている私にしがみついてしゃくりあげ、「しったが、いっちゃう」と訴えてきた。

シッタは雲の上にいると教えていたが、ほぼそのままの光景を夢に見たらしい。シッタが窓から外へ出て、どんどん空へ昇っていく。息子は呼び止めたいのに声が出ない。もがいていると泣きながら目が覚める、という具合だ。

結果、私は三日に一回のペースで深夜に起こされるようになった。

恐竜や戦隊ヒーローで頭がいっぱいの四歳児には、死別の衝撃が思った以上に強かったのかもしれない。

これはトラウマになってしまうのではないか。

カウンセラーに相談してみるべきか。

いやもう少し様子を見よう。

情操教育は大事だよ。

夜な夜な夫婦で話しあったが、これといった結論は出ない。

そんな折、私たちは動物園に行くことになった。

ポストに投函されたチラシに目を通していたら、運悪く息子がそれを見つけてしまった。近所にある動物園の割引チケットだ。

スーパーの割引ならよかったのにねと、私は話をそらした。

こういうのは企業の販促で実はお得じゃないと、夫も理屈をこねた。

私たちには動物を見て刺激され、大泣きする息子が想像できたのだ。

しかし息子はごまかされてくれず、断固として「いく」と言い張る。

その決意表明か、彼は寝る前にブロックでキリンやらドラゴンやらを作ってみせた。私はため息をつき、夫は苦笑いして小さな頭をなでた。

日曜になり、私たちは水筒に麦茶を詰めて電車に乗った。

園内はほどほどに混んでいたが、動物が見えないほどではない。夫に肩車され、息子ははしゃいでいた。それでいて実物のキリンを見ると怖くなったらしく、夫が悲鳴を上げるくらい髪をぎゅっとつかんだ。

実を言うと、私もキリンはちょっと怖かった。ガムを噛みながら見下ろしてくる過去の上司を連想し、当時と同じく視界に入らないようにさりげなく夫の背に隠れた。息子に笑われた。夫は笑うふりをした。

ひとまず私たちは、動物園を楽しめていた。目下は懸念《けねん》していたように、息子が泣きだすこともない。その後も一家はコビトカバのあくびを笑い、オカピのへんてこなカラーリングに見入り、ニシローランドゴリラをイケメンだと私がほめると、夫と息子がそろって胸をたたいた。私はちゃんと笑えた。

シッタには申しわけないけれど、私たちの人生はまだ続いていく。

ずっと悲しんでいるわけにはいかないし、生きている間はなるべくみんなで笑ってすごしたい。

そういう意味でも、今日は動物園にきてよかったと思う。

私も夫も、きっと息子も、頭の隅ではどうしてもシッタのことを考えてしまうけれど、目の前の動物たちはやっぱり愛くるしい。ふっと悲しみに引きずられてしまう私たちを、ユーモラスな振る舞いで明るくなごませてくれる。

人は忘れる生き物だ。

癒《い》やしとは苦しみの忘却だ。

シッタの拾骨で、息子はつかの間の好奇心に駆られている。

私たちもこうやって憩《いこ》いの場所で癒やされるうちに、ただあたたかい気持ちだけでシッタのことを話せるようになるだろう。

そろそろ休憩しようかと、私たちは園内のフードコートに席を取った。

たこ焼きをつつきつつ、思ったよりも楽しいねと感想を述べる。

夫が同意してくれた。しかし息子の反応がない。

はてと様子を見ていると、彼は唐突に言い放った。

「しったが、ないてる」

夫と顔をみあわせる。互いに首を振る。私たちには聞こえてない。

「あっ、また」

息子がきょろきょろと辺りを見回す。夫の表情がにわかに曇った。

私も同じ顔をしているだろう。動物園にただの猫なんているはずもない。

息子は幻聴《げんちょう》を耳にしている。楽しそうな様子に安心していたけれど、思った以上に彼の心は深く傷ついていたのだ。

「ぱぱ、きて」

息子が椅子から立ち上がり、夫の手を引いた。夫はためらっている。

すると業《ごう》を煮やしたのか、息子はひとりで駆けだした。

追いかけてと夫に叫び、私はテーブルに広げていた水筒やらウェットティッシュやらをトートバッグにかき集める。

きっとなんてことないはずだ。気のせいでしたで終わることだ。

そう思うものの、胸の中が騒がしい。

頭ではわかっていても、私は常識を覆《くつがえ》すなにかを期待している。

片づけをすませて追いかけると、息子と夫が立ち止まっていた。

ふたりそろって、ガラス張りの飼育スペースを見つめている。

なんなのもうと気が抜けた瞬間、私も聞いてしまった。

にぃう、と鳴き声を。

それがシッタのものとは断定できない。シッタの声に特徴はなかった。十年以上も一緒にいたけれど、正直ほかの猫との区別はつかない。

しかし少なくとも、それが猫の声であるとはわかった。

こわごわふたりに近づいてみると、夫がガラスの向こうを指さす。

タヌキ、にしては顔が丸っこい。

体の色も赤みがかっている。

そういえば、しましまの尻尾に見覚えがあった。これはアライグマではないかと思ったら、飼育員の説明でレッサーパンダだと判明する。

名前に反して彼らはパンダとは関係がなく、見た目にそぐわずタヌキよりもイタチが近縁であるらしい。

生息地も中国やネパールで、漢字では〝小熊猫〟と書くそうだ。

「ほら、しったのこえ」

息子がふふんと、得意そうな顔で言った。

耳をすませてみると、たしかに猫に似た声がする。

レッサーパンダは感情豊かで、ときに鳥のようにかん高い悲鳴を上げ、豚に似た鼻声でうなり、猫のごとくに甘えた鳴きかたをするものらしい。先に飼育員の説明を聞いていた夫が、息子と同じくふふんと教えてくれた。

「やっぱり、しったただ」

息子は不思議そうに、にぃうと鳴くレッサーパンダを見つめている。

きっと聞き比べたらぜんぜん違うのだろう。けれど私は涙ぐんでいた。

甘えた声を耳にして、シッタがそばにいる気配を感じてしまったのだ。

シッタは私が拾ってきた猫だ。

その頃の私は、キリン上司への対応に疲れて仕事を辞めていた。

基本的に家に引きこもっていたが、毎日コンビニへだけは通った。

途中の河原でよく猫を見かけた。薄汚れて痩《や》せている。いつも一匹だ。ありがちだけれど、そのみすぼらしさに私は無職の自分を重ねた。

病気が怖いから、絶対に触らないこと。

そう決めて、遠くからパンやおにぎりを投げる。

しばらく続けていると、猫は私を見てにぃうと鳴いた。

野良《のら》のくせに媚《こ》びるなと私は叱《しか》った。自分に向かって言うように。

やがて貯金も底をつき、私はせっぱつまって求職に本腰を入れた。

面接でアピールできなかった日は、なんとなく猫に会いたくなった。

そういうときは言い訳するよう、猫缶を買っていく。

猫は、にぃうと鳴いた。甘えた声で、甘えるなというように。

そんな猫の叱咤《しった》のおかげか、私はなんとか職を得た。

お詫びというかお礼というか、猫を拾って病院に連れていく。

そこで彼女（彼女だったのだ）が、およそ六歳と判明した。特に病気もないとのことで、シッタと名づけて同居を始める。

私は部屋一面にティッシュの雪を降らせたシッタを罵《ののし》り、彼女は彼女で朝寝をむさぼる飼い主の顔にキャットウォークからダイブした。

互いに甘えた声で甘やかさない関係は数年続き、シッタの名前をいいねと言ってくれた恋人が夫になった。

シッタは夫に甘ったるい声で身をすり寄せ、夫もシッタをなで回す。

私はどうにも恥ずかしかった。親友の女の顔を見たような気分と、一瞬でも猫に敵対心を抱く自分が。

そんな甘くて苦い三角関係に、もうひとり新メンバーが増えた。

その頃にはおてんばだったシッタも丸くなり、四本足で這い寄る息子に体をいじり回されても怒らなかった。その様子を、夫は嬉々《きき》としてメモリーカード二枚分撮影した。

「まま、ぼくまたここへきたい」

二本足で立つ息子の声で、私は現在に引き戻された。

息子は瞳をうるませ歯を食いしばり、レッサーパンダを見つめている。

動物園にくるのはかまわないと、私は言った。でもシッタを思いだして悲しい気持ちになるかもよと、釘を刺すのも忘れない。こらえきれずに泣きだした息子と、一緒にわんわん泣きたくないのだ。

「ぼくは、しったのことをわすれちゃうほうが、ずっとかなしいんだ。だってぱぱが、てれびをみせてくれるでしょ？　ちいさいころの。ぼくが、しったをたたいてるの」

彼が二歳の頃の動画だろう。たたくと言っても幼児の力だ。シッタも嫌そうな顔をするものの、引っかいたりせずされるがままだ。

「ぼく、そのことをぜんぜんおぼえていないんだ。ぼく、むかしのしったをわすれちゃったんだよ」

当たり前だ。二歳の記憶なんて誰だってない。たとえ四歳の子どもであっても、未発達な脳は二年前の記憶を保持できない。

そこで私は、よろめくほどにはっとさせられた。

私には、シッタと暮らした十年の記憶がきちんとある。

けれど四歳の息子には、実質一年もないのだ。

私が思っていた以上に、息子がシッタとすごした時間は短い。

「でも、さっき、おもいだしたきがしたんだ」

息子はたどたどしく、それでも自分の思いを伝えてくる。

「れっさーぱんだのこえをきいたとき、まだちっちゃかったころのこと。しったと、あそんでたころのこと。れっさーぱんだ、しったとにてないのに」

どこかで聞いたことがある。人の記憶を引きだすトリガーは、視覚よりも聴覚や嗅覚のほうが強いのだと。

息子が本当に二歳の記憶を取り戻したかは定かではない。

でも外部情報による記憶の上書きであっても、息子は動物園でシッタの思い出を心に刻んだ。新しく思いだした。

「だから、またここへきたいんだ。しったのことをおもいだせるから。そういうふうに、どうぶつえんにきちゃだめ？　れっさーぱんだにわるい？」

だめなんかじゃない。動物園にくるのに理由なんていらない。

私だってしゃべらないのをいいことに、シッタに勝手なもうひとりの自分役を押しつけていた。

「まま、なかないで」

周りに見物客はたくさんいる。けれど感情を抑えられない。

息子を背中から抱き、あの晩のように顔をぐしゃぐしゃにする。

息子はただ傷ついていただけじゃない。

こんな小さな体で考え、もう忘れていく悲しみを知っている。

その上で、自分なりに死を受け入れようとしている。

この子の成長と自分が母であることが誇らしく、私は堰《せき》を切った。そっと肩を抱いてくれた夫は、やはり垂らしていた。

それからしばらく、私たちはレッサーパンダを観察した。

小熊猫というわりには猫っぽさはなく、仲間とじゃれあうときは二本足で立ったり、怒ったときは万歳するように両手で相手を威嚇《いかく》する。

でも甘くにぃうと鳴くたび、私たちにはシッタの思い出がよみがえった。

彼女を失ったさびしさはもちろん消えない。

けれど私たちは、ただ悲しむだけではなくなった。

いたずら猫で、食い意地が張っていて、最後は母のように息子の相手をしてくれたシッタの記憶を、私たちはそれぞれ心に刻み直していく。

それから私たちは、年に数回動物園を訪れるようになった。

お土産に、ぬいぐるみやポストカードも買った。

生活の中にレッサーパンダが組みこまれると、息子は夜もぐっすり眠るようになった。おかげで絵本の読み聞かせも再開できた。

並んで絵本を読む私と息子を見て、夫がおどけて言う。

ちいさなぼくとネコのあいだに、クマがはいってゆきました。

レッサーパンダの和名、小熊猫をもじったダジャレらしい。

手放しではほめないけれど、私たちの小さな物語にはいい題だと思う。

動物に喩えて

水城正太郎

「お父さんとは動物園って来たことないよね？」

「いや、お前が幼稚園の頃に来たことがある。覚えてないか」

「え？　動物園に行ったことは覚えてるよ。でも、その時はお父さんいなかったでしょ」

「覚えていないっていうのは悲しいな。ただ一緒に動物園は、それ一回だけだったからなぁ」

「それ以外でも一緒にどこかに行った記憶ないけど」

「ああ……そうだ、そうだったよな。仕事で忙しかったから」

「そういう言い訳しないでよ。一緒に動物園に行くように、っていうのがお母さんの遺言みたいなものなんだから、少しでも楽しくするようにして」

「わかった。楽しくしなくちゃな。頑張るよ。それじゃあチケットを買ってくる。俺が出すよ」

「おごってもらえるのはいいけど、窓口に行こうとしないで。あっちに自販機あるでしょ、窓口と値段おんなじだから」

「めったに来ないから知らなかったなぁ」

「めったにどころか初めてなんじゃないの？」

「いや、お前が幼稚園の時に行ったたって言ったじゃないか。それが最後だな。それ以前は俺が小学生の時の遠足だ」

「それじゃはじめてみたいなもんじゃない。楽しめる？」

「いや、それこそお母さんの遺言だからな。一周忌はお前と動物園。仕事ももう定年だからね。お父さん頑張るよ」

「その頑張るっていうのやめてよね。面白くないって感じてることになっちゃうから。それに動物園は頑張って来るところじゃないし」

「そうだよな。でも無理はしてないぞ。初めてみたいなもんだから、何もわかってないってだけだ。緊張しているっていうか……」

「緊張もしないで欲しいんだけど」

「……すまない。とにかく中に入ろう。……えっと、お前は動物園、慣れてるんだよな？」

「あたしとお母さんは動物園いろいろ巡ったよ。外国にも何度か行ってる。自然公園のアニマルウォッチツアー」

「海外旅行に行ったとは聞いていたけど、それも動物を見に行っていたのか。それじゃあ、こんな近場の動物園じゃなくて、もっと遠いところの方が良かったかな？　せっかくのお母さんの一周忌なのに」

「こんな近場で緊張してるのに、世界は無理でしょ」

「そうか……そうだな。俺はもう世界を巡るような年じゃなくなったよ」

「そういう意味じゃないんだけどな……。老人でも世界一周とかする人いるじゃん。年齢じゃないよ。お母さんはお父さんが何か趣味を持ってくればって言ってたよ。自然に好きなものを持つのが大事だってことでしょ」

「うん、お母さんから言われたことがある」

「だから、まずは動物に興味を持ってもらおうってお母さん思ったんでしょ」

「勉強するよ」

「だからそういうのじゃないってば。気楽にしてくれる？」

「ああ……うん、わかった。気楽に、か。じゃあ、まずは有名なパンダあたりから見るか？」

「いや、まずパンダに並ぶのは素人。パンダを見るのはパンダを見ると決めた日だけ。他を回れなくなるから」

「そんなに……？　いや、本当だ。すごく混んでる」

「そうでしょ、大体混んでるんだ。並ばずにあっちから回るの」

「わかった。玄人《くろうと》の言うことは聞いておくに限る」

「そういうこと。玄人は、まず象を見てからスタートって感じなんだけど」

「あそこにいるな……。なるほど、象だ」

「象を見て象だって言われても、象だよ、と確認するしかないんだけど」

「だけど、象、あんまり動かないしな」

「うーん、象があんまり好きじゃないなら、順路に沿って見ていきましょ」

「わかった。こっちか」

「それからこっちが、キジ、カワウソ……ほら、可愛いでしょ、カワウソ。流行るだけのことはあるよね」

「カワウソって流行ってるのか？」

「知らないの？　タオルにつかまってぐるぐる回ったり」

「知らないなぁ。回る？　横に？　縦に？」

「ねじれるっていうか……見ないとわからないか。それからこっちが猛禽《もうきん》類。フクロウ、ワシ、タカ」

「鳥だな。見たことはある」

「それからこっちがトラ、それからゴリラ」

「……うむ。トラにゴリラ……だな。あっちが鳥類館？　さっき猛禽類があったのに？」

「南国の鳥とか綺麗だよ……って、大丈夫？　楽しめてるように見えないけど」

「いや、楽しんでるよ。でも、そう聞かれるってことは、楽しくないように見えるんだろうな」

「そういう突っかかるような言い方、やめてよね」

「すまなかった。結局、その……遊ぶってことに慣れてないんだ。馴染むまでに時間がかかると思ってくれ」

「お母さんとは普通に話してたんじゃないの？　あたしは一人暮らし長くなっちゃったから知らないけど」

「うん、お母さんには苦労かけたかな。仕事ばっかりで、家に帰ったら寝るばかりだった気がする。お前と連絡を取るのもお母さんだったしな。お母さんにしてみれば、それこそ動物を飼っているようなものだったかもしれない。ここにいる動物たちのように寝てばかりだ」

「お母さんもそう思ってたかもね、自分を飼育係みたいだって。でも、それで良かったんじゃない？　動物の飼育係なら、動物が寝て食べるだけなのは重々わかってるんだし、心を込めて世話しても何も返ってこないってことも、あらかじめ知ってるんだからさ」

「……いやー、それは辛辣《しんらつ》だ。辛辣だよ。お前だって結婚すればいろいろわかるさ。世話される方だって色々あるんだ。そういえば、お前だってもう結婚してもいい年齢だ。そっちの方は一体どうなってるんだ？」

「そういう聞き方良くないなぁ。結婚しろって物言いも最近じゃセクハラのひとつなんだよ」

「そりゃすまなかった。でも、お母さんに孫の顔を見せたかってって、去年のお葬式の後にお前、言っていたじゃないか。少し気になってた」

「そうね。その時は気にしてた」

「俺とお母さんは見合いだったけど、後で考えてみればそれで良かった気もしてるんだ。ほら、ここの動物だっていきなり二頭が引き合わされるわけだ。結婚なんてそんなものかもしれないぞ。適当につがいになって子供を産むってのも自然の摂理には合っているのかもしれない」

「それってメチャクチャ無神経。動物だって好き嫌いはあります。それに、子供を産むのが無理だったらどうするの？　そういえば、言ってなかったっけ、お母さんに孫の顔を見せたかったって言葉の意味」

「え？　聞いてないな」

「その時は、お父さんに心配かけないようにって、お母さんが言ってたんだけどさ。あたしが体調崩して入院した時があったでしょ？」

「ああ、婦人病ってだけ聞いてた。大したことなかったってその時は……」

「複雑な病名ついてたけど、ホントのことを簡単に言えば、子宮頸がんだったんだよね。発見のタイミングが良くて、死ぬようなことはなかったし、入院も長くなくて済んだんだけど、子供が産めないってことになっちゃったんだ」

「……い、いや、済まなかった。無神経なことを言った」

「いいよ。だから、もっと早くに子供を産む生き方もあったのかな？　なんて思ったっていうだけの話」

「本当に悪かった。いや、そのなんだ、動物の話がしたくて口が滑った」

「動物の話って？」

「た、例えば、だな。動物が子供を産むのが自然の摂理って言ったけど、ほら、あそこにいるオットセイ。あれは実はハーレム社会を築くことで知られているんだ。少数のオスが争って、勝ったものだけが多数のメスを従えて繁殖できる。

はじき出されるオスの割合はなんと八割。ほとんどのオスは子供を作れないんだよ」

「あそこにいるのはアシカとアザラシだよ」

「……そ、そうなのか。こ、ここからだとよく見えなかったからな。毛の長さが違うんだ。知ってたか？　オットセイの毛は柔らかくて長く、アシカが短めの剛毛だってこと」

「そうなんだ」

「そうだ。ハーレムを作る動物は他にもいっぱいいる。ライオンもそうなんだ。あれも子供を作れないオスが沢山いる。自然界でも子供を作れないことはそれほど珍しいことじゃない」

「さっきからオスの例ばっかりで役に立たないんですけど？」

「え、ええと……そうだ！　メスがハーレムを作るタイプもある。チョウチンアンコウは面白いぞ。オスがメスの十分の一くらいの大きさしかないんだ。交尾はオスがメスの身体に取り込まれる」

「取り込まれるって何？」

「オスがメスに噛み付くと、だんだん接触部分の皮膚が一体化していくんだ。そしてオスは血管までメスと一体化、つまり同じ身体になってしまう。オスは消化器官や目まで失い、精巣だけ肥大化、それで体内で受精を行うんだ」

「うわ、すごい。生殖だけのオスなんだ」

「メスは何匹ものオスを一体化する場合もある。だけど、ひどい目に遭うのはオスだけってわけじゃない。そもそも生息しているのが深海だから、ともかくオスとメスの出会いが少ないんだ。メスの中には一生、子供を産まずに生きるものもいると考えられているんだよ」

「とっても面白い話だったけど、つまり？」

「つまり、子供を産めないことは気にすることじゃない。そういうことが言いたかったんだ。……あんまり上手く言えた気がしないが」

「うん。全然上手く言えていないと思う」

「そうか……そうだよな、いや、すまなかった」

「いや、いいよ。もうそこにあんまり落ち込んでないからさ。それより、動物園に来たこともないのに、動物に詳しくない？」

「お母さんが具合悪くなってから、お母さんといっぱい話そうって思って、動物ドキュメンタリーとか見たんだ。それに、よく話すようになってから、お母さんが教えてくれた」

「頑張るとか勉強するって態度にもいいことがあるってことか。お母さん、動物に詳しかったから教えてもらったのね」

「ああ。お母さんは動物に詳しかった。うん」

「でも、良かった」

「何が？　俺はお前にひどいことを言って……」

「だから気にしてないってば。良かったのは、お父さんとお母さんがいっぱい話したんだなぁってこと」

「そ、そうか……仲が悪く見えていたか？」

「そうね。お父さんが働いている間は、おしどり夫婦ってわけにはいかなかったんじゃない？」

「そうだよな……。あ、オシドリってのは、実は繁殖の間だけ一緒に居てオスはすぐに他のメスを探しに行くって知ってたか？」

「あはは、また動物に喩えてる」

「いや、なんか気まずくなると何か話さなきゃいけないって感じがしてな」

「面白いね」

「え？　そうか……？」

「うん。あたしはお父さんのそういう一面を知らなかったから。今日は話せて良かったと思う」

「そうか。それなら良かった。俺も思春期以降のお前をあんまり知らないしな」

「そうだね。少しずつわかっていけばいいと思う」

「それで、お前、仕事の方は上手く行ってるのか？」

「何？　いきなり仕事のことなんて」

「いや、その……仕事で住居を変更できないっていうんじゃなければ、実家に帰ってきてもいいんだぞ」

「ああ、そういうこと。気にしてくれてありがとう。でも大丈夫」

「独りで寂しくないか？」

「寂しいとしたらお父さんでしょ。そっちこそ再婚していいんだよ」

「はは、そう返されるとつらいな。考えたこともなかったな、再婚だなんて」

「お父さんの場合、それこそ誰でもいいってことなんじゃないの？　最初、あたしに、動物なら二頭がいきなりつがいになる、なんて言ってたんだから」

「その言い方は悪かったよ。やっぱり俺に必要なのは飼育員の方だな」

「じゃあ、飼育員を見に行く？」

「え？　動物園って飼育員を見るコーナーなんてあるのか？」

「あるわけないじゃない。仕事する時間を知ってるってだけ。そろそろペンギンに餌付けする時間だからさ」

「そうか。それじゃあ行ってみよう」

「……動物の喩え話をすると繁殖のことばかりになっちゃうけど、飼育員さんが言ってたんだ。動物は自然界では食物の確保と繁殖に必死だけど、飼育下ではまったく変わっちゃうんだって」

「うん。そうなのか」

「寝てばかりって見えるけど、どんな動物でも趣味を見つけていろいろ遊んだりしてるし、向こうから人間を観察して楽しんでいるんだって」

「ああ、彼らからは人間が面白いのか」

「だから、空腹をしのぐことと繁殖だけが人生じゃないってことが動物からも勉強できるってわけ」

「暇つぶしや観察も人生だってことか。それなら俺もお前もまだこれからやることはいろいろあるんだな。良いこと言うじゃないか、その飼育員」

「ほら、見えてきた。あそこでペンギンに餌をやってる人」

「あのバケツから魚をあげている人か」

「おーい、来たよー！」

「ん？　知り合いなのか？」

「そう。お父さん、あたし、あの人と結婚するの」

「え……え……えぇー！　……ああ、そうか、それでお母さんは一周忌に二人で動物園に行けって……」

「そうだよ。お母さんはもう知ってたんだけど、お父さんには言うタイミングがなくて。一周忌まで待ってもらったの。彼はあたしの不妊も知ってる。それでもいいって。もちろんこれから治療にも挑戦するつもりだけど」

「すっかり驚かされたな。全部お母さんの手のひらの上だったか」

「お父さんともっと話すようにってことも含めて全部、ね。それで、結婚、許してくれるでしょ？」

「さっきまでの話で許さないわけないだろ。俺も再婚までは考えないけど、お前ら夫婦を観察する楽しみはできた」

「しっかり見ててね」

「そうだな。ところでお前は、飼育する方とされる方、どっちなんだ？」

「そりゃあもちろん、どっちも、かな」

ライオン、子ライオン、孫ライオン

那識あきら

結局、来てしまった。今一つ決心がつかないまま、シロクマとトラの絵が掲げられたゲートをくぐった俺は、一際大きな溜め息をついた。

平日の動物園は、思ったとおり空《す》いていた。三歳ぐらいのちびっ子が歓声というか奇声を上げて走っていくのを、親御さんが必死の形相で追いかけている。背後を振り返れば、遠足に来た小学生の団体が、ゲート前の広場で整列して先生の話を聞いていた。俺のような地味な大学生が一人きりで動物を見ていても、気にする人はおそらく誰もいないだろう。俺はそう自分に言い聞かせた。

以前ここに来たのは小学一年生の時だった。季節も今と同じ、春真っ盛り。その日は確か日曜日で、園内は人で溢れかえっていた。「迷子になったらダメよ」と何度も繰り返す祖母の声がまだ記憶に残っている。思えばあれが祖母と二人きりでの初めてのお出かけだったんだな、と過去を振り返りながら、俺は手元の園内図に目を落とした。目指すライオン舎は敷地の一番奥、〈アフリカサバンナ〉エリアの端にある。十四年前も今と同じ場所だったかどうかはさっぱり憶えていないが、重要なのはライオンだ。たぶん、そう。俺はもう一度溜め息を吐き出して、肩にかけていたトートタイプのカバンを持ち直した。

〈アジアの熱帯雨林〉の脇を通り抜け、ギュエキュエ賑やかなフラミンゴの声に見送られ、キリンを横目に岩場に囲まれた一角へ。柵の前に立つと、水場を隔てた草地の上に二頭の雌ライオンが優雅に寝そべっているのが見えた。

案内板によると、ここには雄一頭雌二頭の全部で三頭のライオンがいるらしい。なるほど、向こうの岩の陰に雄ライオンのたてがみが見え隠れしている。

あの時も雄雌同じ構成の三頭だったな、と昔を思い返していたら、木陰の一頭が自分の前肢を舐め始めた。時折顔や耳の後ろを撫でては、またペロペロと丁寧に舌で肉球の手入れをする。ようやく満足したのか今度はコテンと身体を横に倒し、四肢を伸ばして首も反らして、細長く、長く伸びをした。

猫だ。まるっきり猫じゃないか。百獣の王といってもネコ科なだけはある。

なんだか少しだけ楽しくなってきた、その時、俺の背後に人の気配が差した。

「あのさぁ、それ絵の具かインクだよね」

何事かと振り返れば、目の前に一人の小学生が立っていた。灰色のパーカーに、着古された歴戦のジーパン。生意気そうな表情の小四ぐらいのガキだ。

そいつが指さしているのは、俺が持つカバンだった。怪訝《けげん》に思って見てみると、なんと生成《きな》りのキャンバス地に赤い染みが滲んでいる。慌てて中を覗き込んだら、あろうことか筆箱から突き出た赤色のペンが、キャップの外れた状態でカバンの側面に頭突きをかましていた。

思わず「うわっ」と声を上げ、俺はペンを取り出した。「うわー」とげんなりしながらキャップを閉め、「教えてくれてありがとう」と少年に礼を言う。

すると少年は、なんでもないような表情で驚くべき言葉を口にした。

「友達が『あれ、血じゃないかな』って怖がってたんで、確認しに来たんだ」

「は？」

「『バラバラにした死体を運んでいる人だったらどうしよう』ってさ」

「はァ？」

どこからどうすればそんな血生臭い発想が出てくるのか、わけが分からない。

俺が素っ頓狂な声を漏らすのを聞いた少年は、国民的探偵漫画の題名を口にして、「トリックとかで普通によくある展開だし」と涼しい顔で言いきった。

「もしも本物の血だったら、時間が経つと酸化するからもっと黒っぽいはずだ、って言ったのに全然信じてくれなくてさ。だから本人に直接訊こうと思って」

最近の小学生は、皆こんな調子なのだろうか。呆れつつ辺りを見まわしたところ、少し後ろにある植え込みの石の台に、四人の小学生が画板を持って並んで座っていた。右端の、髪の長い女の子が、立てた画板の陰からおそるおそるといったふうにチラチラとこちらを窺っている。なるほど、女子に頼られてエエカッコをしたいお年頃なんだな、と、俺は目の前の少年に視線を戻した。

「遠足で写生か。頑張れよー」

「兄ちゃんもだろ？　サボっててていいのか？」

そう言ってカバンを指さされて、俺はつい舌打ちしそうになった。どうやらさっきペンを取り出した時に、中のスケッチブックを見られてしまったようだ。

溜め息一つ、気持ちを落ち着かせて、俺は少年から目を逸らした。

「大学生に遠足も何もねーよ。俺は個人で勝手に来てるんだ。描くのも描かないのも俺の自由。以上」

「学校サボってんじゃん」

「今日は休みなの！　休講！」

俺の力一杯の反論にも、少年はまったく動じた様子を見せない。

「それよりそのインク、早くなんとかしないと染みついてしまうんじゃね？」

うわ、そうだった。焦った俺が地面にカバンをおろすのを見た少年は、即座に仲間のほうへ取って返し、今度は筆洗い用の水入れを持って戻ってきた。

「この水、まだきれいだから使っていいよ」

「サンキュ。助かる」

脇に置いたスケッチブックの上にカバンの中の物を避難させてから、布地のインクがついた箇所を軽く水で濡らし、古タオルで挟み込んで体重をかける。正しい染み抜きの方法ではないことなんて分かっているけれど、今は少しでも赤色を薄めるのが第一だ。これ以上殺人犯と間違えられるのは勘弁願いたい。

そうやってインクを古タオルに吸い取らせようと奮闘している間に、少年は自分の画板やら絵の具セットやらを抱えて俺の横に再びやってきた。「あそこ座る場所キツキツだから、ここで立って描こーっと」と、やたら楽しそうに宣言して俺を見る。面倒なことになったな、と俺は溜め息を呑み込んだ。

染み抜き作業は一段落したが、俺はまだ絵を描く決心がつかずにいた。スケッチブックを視界の端に意識しながら立ち上がり、ふと少年の手元を見やる。

「あれ？　お前、それ……」

少年が描いていたのは木陰で寝そべる雄ライオンだった。だが、実際にそこにいるのは雌のライオンだけだ。反射的に疑問を口にしかけて、俺はハッと我に返った。自分があの時の祖母と同じことをしている、と気がついたのだ。

「雄のほうが派手でカッコイイもん。どう、結構上手いだろ？」

得意げな笑みを浮かべた少年が、次の瞬間、怪訝そうな表情を見せた。小首をかしげて、「兄ちゃん、何か凹んでる？」と俺の目を覗き込んでくる。

なんだかもう色々とどうでもよくなって、俺は胸の奥底から息を吐き出した。

「昔、小学一年生の時に、ばあちゃんと一緒にここに来たんだ……」

あれは、母が妹の出産のために入院している時だった。俺の面倒を看に来てくれていた祖母が、気晴らしにと電車で一時間の旅に連れ出してくれたのだ。

動物園につくなり祖母は、「お前のお母さんが子供の時にも、私と一緒にここに写生しに来たんだよ」とスケッチブックを俺に手渡してきた。「描いた絵をお母さんにプレゼントしようね」と言って。

「テレビの動物番組でナマケモノ特集を見たばかりだったから、俺は『ナマケモノを描きたい』って言ったんだ。そしたらばあちゃんは『そんな格好悪いのはやめなさい』って言うだろ。『じゃあミーアキャットがいい』って言ったら『男の子なんだから猫なんかじゃなくて』ってライオンの前に連れてこられてさ。いざ描き始めたら、横から文句ばっかり言ってきてさ。『岩の所のライオンは色が目立たないからやめときなさい』だの『あそこの雌二頭はきっと親子ね。あれがいいわよ』だの『どうして雄を描いているの、よく見て』だの」

ミーアキャットはネコ科じゃねえし、と今更なツッコミを入れつつ俺は話し続けた。見知らぬ小学生相手に何をやってるんだろう、と自分でも思いながら。

「で、『だったらおばあちゃんが描けばいいじゃないか！　ぼくはもう描かない！』って、俺、描きかけの絵をびりびりに破ってしまったんだよな……」

「うわー、大人げない」

「子供だったんだよ！　正真正銘の！」

あの時の気持ちは今でもはっきりと憶えている。まだガキだった俺は、母娘ライオンの組み合わせを描くことに抵抗があったのだ。生まれてくる妹に母を取られる、とまでは考えていなかったけれど、もやもやとした不安を抱えていたのは確かで、だからこそ、岩場に佇み母子を見守るカッコイイ雄ライオン——お兄ちゃんライオン——を描こうとしたのだ。それが駄目なら、妹の世話を焼く優しいお兄ちゃんライオンだ。結局、全部却下されてしまったわけだが。

「ばあちゃん、それまであまり子供に反抗されたこと無かったらしくて、しばらくは何かあったら『お前は言うことを聞かない子だ』って愚痴ってきてさ」

「そっちはそっちで大人げないな」

少年の率直な意見がなんとなくこそばゆくて、俺は思わず苦笑を浮かべる。

「で、そのばあちゃんが先週入院してさ。見舞いに行ったら、『お前は私に絵の一枚も描いてくれなかった』って久々に言われてさ」

「それで敗者復活戦に来たんだな」

「敗者じゃねえし」

訳知り顔でまぜっかえす少年にすまし顔で返した俺は、大きく息をついた。

少年との一連のやりとりを通して胸の奥は幾分すっきりしたものの、当初の悩みがあらためて俺の思考にのしかかってくる。俺の目的は、祖母を元気づけることだ。だが、絵を描くことでそれが本当に果たせるのか。今更描いたところで祖母は喜んでくれるのか。実際どんな絵を描けばいいというのか。――そもそもこれは俺の自己満足に過ぎないのではないだろうか。

自分がいつの間にか黙り込んでしまっていたことに気づき、慌てて傍らに顔を向けると、少年は腕組みをして「うーん」と何事かを考え込んでいた。

「おばあさんは、思ったとおりの絵を兄ちゃんに描いてほしかった、ってことだろ？　でも兄ちゃん的には『そんなもん知るか』ってわけなんだろ？」

「そりゃあ、俺は超能力者《エスパー》じゃないからな。ばあちゃんが何を考えているかなんて、言ってもらわなきゃ分かんねえよ」

　そう少年に答えはしたが、今の俺には祖母の気持ちがまったく分からないわけではなかった。祖母は、出産という大仕事に挑む自分の娘に少しでも良いプレゼントを渡したかったに違いない。県境を越えてわざわざここまでやって来たのも、かつて写生に来たという、娘との思い出が大切だったからなのだろう。残念なのは、祖母の中には確固たる「理想の絵」が存在していて、当時の俺には——現在の俺もだ——それが何なのかさっぱり分からない、ってことだ。

　でも、今あらためて考えても、通り一遍のライオンの絵よりも、テレビで仕入れた蘊蓄《うんちく》を語りながら渡すナマケモノの絵のほうが、母は好きそうな気がする。いや、そもそも何を描いても喜んでくれたんじゃないかな、たぶん。

　そんなことをつらつらと考えていたら、少年がニカッと笑いかけてきた。今まさに頭上で輝くお日様のような眩い笑顔に意表を突かれ、俺は言葉を見失う。

「じゃあさ、兄ちゃんができることって、一つだけじゃない？」

一つだけ。そうだ、一つだけだ。俺はライオン達に目をやった。

と、キリン舎の方角から「タナベさん！」という鋭い声が飛んできた。

少年が「はーい！」と屈託ない調子で大きく手を振る。

せかせかとした足取りで近づいてくるのは年配の女性だった。児童を男女問わず「さん」付けしているのを聞くに、おそらく小学校の先生だろう。そういえば中学以降は男子は普通に「くん」呼びだったな、あれは一体どういうわけなのかな、と俺が考えを巡らせている横で、少年がよそゆき顔で一歩前に出た。

「先生、このお兄さんも写生に来たんだそうですよ。入院しているおばあさんへのプレゼントにするんだって」

タナベと呼ばれた少年の言葉を聞いて、先生の眉間から険が取れた。どうやら不審者として警戒されていたらしい。誤解がとけてホッとしたのも束の間、俺は唇を真一文字に引き結んだ。今のやりとりで、自分がもう引っ込みがつかなくなってしまったことに気がついたのだ。

俺は静かに深呼吸をした。そうして腹を括ってスケッチブックを手に取った。

先生は俺から視線を外すと、今度はタナベ達を交互に見ながら「班ごとでかたまって行動する、って約束でしょう」と両手を腰に当てた。

お小言を受けて、さっきの長い髪の女の子がおずおずと俺達に近づいてくる。少年のパーカーの裾を遠慮がちに引っ張るのを見て、「なんだよタナベ、お前モテモテじゃねえか」と内心で呟いた次の瞬間、俺は我が耳を疑った。

「ねえミユちゃん、やっぱりこっちで一緒に描こ……」

「仕方ないか。じゃあ兄ちゃん、私あっちに戻るから絵が描けたら見せてな」

お前、女の子だったのか！　という驚きを呑み込んだ俺を、誰か褒めてくれ。なんのことはない、思い込みの強さというなら、祖母も俺もどっちもどっちだ。頬が緩むのを誤魔化すべく、俺は胸いっぱいに息を吸い込んだ。

次の週末、俺は母と待ち合わせて一緒に祖母のお見舞いに行った。

四人部屋の窓際、明るくて清潔感溢れるベッドの上、点滴を腕に受けたまま身を起こす祖母は、先週見た時よりも更に縮んで見えた。

俺のことを「言うことを聞かない子だ」と言うくせに、祖母は俺を構うのを――俺に構われるのを――喜んでいるふしがあったように思う。近場に住む孫達の中では俺が一番祖母と交流があったんじゃないだろうか。頑固でマイペース過ぎる祖母だけれど、俺にとってはいい喧嘩友達だったのだ。

「この間、あの動物園に行ってきたんだけどさ」

「動物園？」

怪訝な顔で祖母が聞き返してきて、俺はもう少しでずっこけるところだった。

「前回、言ってただろ。『お前は私に絵の一枚も描いてくれなかった』って」

「そうだよ。『ぼくは描かない！』って大声で怒鳴って、恥ずかしいったら」

「その時の動物園に行ってきたんだよ、敗者じゃないけど復活戦だよ」

まさか動物園はどうでもよかったのか？　あんなに悩んだのに、全部無駄だったのか？　その場にへたり込みそうになるのを必死でこらえて平静を装い、俺は「おばあちゃんにプレゼントだよ」とスケッチブックを開いて手渡した。

祖母は眼鏡をかけると、俺の絵に視線を落とした。食い入るように見つめた。

「……昔、お前のお母さんが小さい時に二人で写生に行ってね、ライオンの親子を描いて『これはお母さんと子供で、仲良しなんだよ』って言ってくれてね。ガミガミうるさい親だったろうに、そう言ってくれて本当に嬉しくてね……」

潤んだ目元をそっとティッシュで押さえて、祖母が俺を見上げた。

「……ありがとうね……」

嬉しそうに微笑んだ祖母は、そこで更に言葉を継ぐ。「だからマーちゃんも親子ライオンを描くと思っていたのに、『描かない』って強情を言うから」と。

だから、そういうとこだぞ、ばあちゃん。

俺は苦笑の代わりにゴホンと咳払いを一つした。

「あの時、おばあちゃんに連れていってもらわなければ、俺、動物園で写生をするなんてことは一生無かったと思う」

先日のタナベの笑顔が脳裏をよぎる。少し照れくさかったけれど、俺は本心から祖母に「いい経験をさせてくれてありがとう」と礼を言った。

「早く元気になって、今度はおばあちゃんも一緒に動物園に行こうな」

病院を出たところで、母が「仲良し親子ライオンか……」と呟いた。

「おばあちゃんには内緒にしておいてほしいんだけど、あの時、絵について訊かれて、私、案内板に書いてあった内容をそのまま答えたのよね……」

そうだった。母もある意味、非常にマイペースな人間なんだった。

「ライオンは昼間寝てばっかりいる、って丁度本で読んだばかりだったから、本当かな、って一番に見に行ったのよね。実物を見て、本当に寝てる！　って感動しているところに『写生をしよう』って言われたら、そりゃもう寝ているライオンを描くじゃない。それがたまたま親子ライオンだったわけで」

本を読んで、の流れに、俺は確かにこの人の息子なんだなと納得してしまう。

「そうかー、お母さん、あの絵に自分と私を仮託してたのか……」

そして、そこんとこはあの祖母の孫なんだな、とも。俺に勝手にお兄ちゃん認定された雄ライオンが、思い出の中で「ふあぁ」と大きな欠伸《あくび》をした。

わたしは檻の中

朝比奈歩

動物園の動物になったみたい。

みんながわたしを見てる。好奇心に目を光らせ、なにを考えているんだろう。くすくすと笑う子もいる。

先生に言われて、自己紹介した。これからよろしくお願いしますと言うだけで、緊張する。早く終わってほしい。もう帰りたい。それしか考えられなかった。

空いた席にランドセルを下ろして、初めての学校で初めての授業が始まっても、ずっとみんなに見られている気がした。休み時間には、数人の女子に机を囲まれ質問攻め。

どこからきたの？

家族は何人？

なにが好き？

アレ、知ってる？

ねえねえねえねえ……

ああ、うるさい。なんでわたしばっかり聞かれるんだろう。答えたくないことだってあるのに。やめてよ、って言えたらどんなに楽だろう。

他のクラスからやってきた子たちが、教室のドアから顔をのぞかせ、わたしを指さし「あの子だよ」って言っている。なにをしゃべっているのかまではよく聞こえなかったけど、にやにやした視線が嫌で、わたしはうつむいた。

まるで檻の中にいるみたい。

小一のとき、遠足でいった動物園。檻の中にいる動物を指さして、わたしも友達もなにが面白いのかくすくす笑っていた。あれはなに、どうして、なんで、たくさんの疑問を口にした。

あのときと似ている。でも、指をさされるのも、じろじろ見られるのも、檻の中にいるのもわたし。

これ、いつまで続くんだろう。もう嫌だ。疲れた。

動物園の職員さんが「たくさんの人に見られて動物はストレスを感じています。あまり刺激するようなことはしないであげてね」と言っていた。

今、動物園の動物の気持ちがすごくよくわかる。あのとき、指さして笑ってごめんなさい。

それが小四になったわたしの、転校初日の感想だった。


「サナちゃんちに行ってくるね」

靴を履いて玄関を出ていくわたしに、「気を付けてね」と忙しそうなママの声が追いかけてくる。これからパートにいく準備でばたばたしているのだろう。

転校して初めての夏休み。お昼をちょっとすぎた家の外は、むわっと蒸してとても暑い。

わたしは肩から斜めに下げた小さなポシェットをぎゅっと握り、晴れ渡った青い空をにらみつけると、サナちゃんちとは反対の、駅へと続く道へ駆けだした。

ママに、初めて大きな嘘をついた。

こっちにきてまだ三カ月。家に招いてくれた子は何人かいたけど、気軽に家へ遊びにいけるほど仲がいい子はいない。休憩時間におしゃべりしたり遊んだり、一緒に下校するような子はいる。

サナちゃんもそのうちの一人で、よく話しかけてくれる子だ。一度、彼女の家にお邪魔したこともあるけどそれっきり。また誘われたけど断った。

だって、なんか違うんだもん。

嫌いではないけど、友達とはちょっと違う。知り合いだと遠すぎる。

仲間外れにされているわけでもない。みんな優しくしてくれる。

でも、なんか違う。

前に住んでいたところは、ここよりも都会だったからかな。同い年の子も、前の学校の子より子供っぽく感じる。だからわたしに合わないんだ。

さすがにもう、動物園の檻の中と外って感じはないけど、ここの学校の子たちとの間に透明な壁みたいなものがある。

そういえば動物園にもあった。より動物を近くで見られるようにと作られた、透明アクリル板の檻に似てるかも。

距離だけは近くなったけど、やっぱりわたしはまだ檻の中なのかもしれない。

透明の檻は、向こうが少し歪んで見えて、聞こえてくる声がちょっと遠い。

わたしの知らない話題や、わたしが転校してくる前の話になると、その透明な檻の壁がどんどん厚くなって視界も声もぼやけてくる。

プールの底に沈んで見つけてもらえないような孤独と不安が、透明な檻の中いっぱいに広がって、わたしはいつもなんだか泣きたくなる。

家でもたまに、そんなふうになる。隣県に引っ越してきてから、パパとママはいつも忙しそう。パパはわたしと同じで、新しい会社に慣れていないせい。今まで働いてなかったママはパートと家事に追われてちょっとイライラしてる。

パパが前の会社を辞めたからなんだって。お家も一軒家からマンションになって、いつも綺麗だったリビングは散らかっていることが多くなった。

ママに聞いてほしいことがあっても、「ごめんね。後でね」と疲れた笑顔を返される。その「後で」はいつまでたってもやってこない。

さっきだってママは、出かけるわたしになんにも聞いてこなかった。引っ越す前なら、「友達って誰？　何時に帰ってくるの？」ってしつこいくらい問いつめていた。相手の親に連絡をとることだってあったのに。

危ないから、まだ一人で行ってはと言われている駅前の繁華街に着いた。前に住んでいたところの駅に比べて、いかがわしい雰囲気の駅前に緊張する。

ここに一人でくるのは、初めてではない。転校してきてから何度もやってきて、切符の券売機の上を見上げた。

切符代金の書かれた路線図。目的の駅は路線が違うので書いてないけれど、乗換駅の表示はある。もう何度も見て憶えてしまった片道の子供料金を確認し、口の中でその数字を繰り返しながら券売機に硬貨を入れた。

欲しいものを我慢して貯めたお小遣いは、往復の電車賃よりちょっと多いくらい。わたしにとっては大金だ。

出てきた切符を手に取り改札に向かう。あたりを見回す。顔見知りの大人に見つかったら、すべて台無しになるかもしれない。

見えないなにかから逃げるように小走りで自動改札機をくぐり、駆けるようにホームへ続く階段を下りる。ちょうど滑り込んできた目的駅への電車に飛び乗った。

一人で電車に乗るのは初めてだ。でも、どの電車に乗ればいいか、なにに乗り換えればいいかちゃんと知っている。引っ越す前ママに連れられて、こっちで住む家を何度か探しにきた。そのときに行き帰りの乗り継ぎ方を憶えた。

ドアの近くに陣取ったわたしは、心臓の音を落ち着かせようと深呼吸を繰り返した。切符を握りしめた手のひらがじっとりと湿ってくる。

ポシェットを開いて、内ポケットに切符をしまう。そのとき目に入ったキッズケータイをおそるおそる取り出した。

ママからの連絡はなにもなかった。それ以外の通知もない。

はぁ……、と溜め息をついてケータイをポシェットの奥にしまった。

『メールするね。また遊ぼうね』

そう言ってくれた友達はたくさんいた。引っ越して最初の一週間はいろんな子から頻繁にメールがきて、新しい学校でのことを聞かれた。わたしの愚痴みたいな話にも付き合ってくれて、『がんばってね』『友達たくさんできるといいね』ってはげましてくれた。

それも一カ月をすぎると、メールがくるのもまばらになって、夏休みに入ってからは誰からも連絡がこなくなった。

きっと夏休みの宿題や夏期講習が忙しいのだ。家族と旅行にいっているのかもしれない。そのうち、お土産送るよって連絡がくるかもしれない、なんて自分をはげますようになって虚しかった。

もうみんな、わたしのことなんて忘れちゃったのかも。

急に込み上げてきた涙に唇をぐっと噛む。

そんなことない。忘れられてなんていない。会えばきっと、笑ってわたしと仲良くしてくれる。だって、あっちがわたしの居場所だもの。

でも、こっちは違う。こっちには、わたしの居場所なんてどこにもない。

だから帰るんだ。それで友達に会って……その先のことは考えていなかった。

でも、あそこに帰れば受け入れてもらえる。こんなふうに息が詰まることだってないはずだ。

そう期待を胸に、乗換駅に着いた電車から降りた。

前に住んでいた家の最寄り駅に着いたのは、家を出てから一時間後。まだ日は高い。この時間、仲の良かった友達はあの公園にいるはずだ。地下鉄駅の階段を走って上がる。暗い地下から明るい地上に一歩踏み出す。浮足立つような感覚に、自然と口元がほころんだ。

やっぱり、ここだ。わたしは、ここが好き！

少しの懐かしさと、慣れたこの場所の空気に嬉しくなった。あっちより、こっちは空気も景色も澄んでいる。

公園へ走って向かう途中、誰かに会うかもってドキドキした。

早く、みんなに会いたい。

高層マンションとビルに囲まれた公園は、遊具は少ないけれど広くて樹木が多い。しっとりした緑と土の香りがして、アスファルトだらけの公園より涼しい。木陰のベンチで読書する大人や、散歩をする老人がいて落ち着いている。

遊具が中心で子供の騒がしい声が響く、住宅街の中にあるあっちの狭い公園とは違う。

みんなは、どこにいるのだろう？

公園の入り口であたりを見回し、芝生の広場に向かった。わたしと友達はよくそこで遊んでいた。

道を駆ける足が速度を上げる。早く、早くみんなに会いたい。

広場の近くまでくると、懐かしい声が聞こえた。男子と女子が甲高い声を上げて鬼ごっこをしているみたいだった。

低木に囲まれた道を抜け、広場の入り口へ走る。

「みんな、ひさしぶり……！」

走って息の切れた声を張り上げたけど、それよりも大きな誰かの声にかき消される。鬼に捕まったのだろう。きゃあきゃあと騒ぐ声が風にのって聞こえた。

誰の視線もこちらに向いていない。上げかけていた手が、ぱたりと落ちる。

鬼が交代して、みんな散り散りに逃げていく。追いかけてくる鬼を振りかえるので、誰もこっちを見ない。

まるで無視されているみたい。足がすくんで広場に入れなくなった。

喉はカラカラに渇いて、かけようと思った言葉も引っ込んだ。

とたんに込み上げてくる不安に、周囲の音や景色が遠くなる。たちまち、あの透明な檻にぐるりと取り囲まれていく。

なんで？　どうして、また檻の中？

ううん、違う。檻の中にいるのは友達かもしれない。

だって誰もわたしを見ていない。みんなを見ているのはわたし。みんながちらちら視線を向けるのは鬼で、わたしがここにいるなんて気づいてもいない。

楽し気に逃げまどう友達の中に、一番仲良くしていた子がいた。ショートパンツにフリルのついたAラインのトップス。転校前、「カワイイね」と彼女と一緒に見たブランドのカタログに載っていた服だ。今夏の新作だった。

それに比べて今のわたしは、近所の量販店で買ってきた飾り気のないTシャツにデニムのパンツ。男の子みたいなかっこうだ。

わたしだって、前は彼女たちみたいにオシャレをしていた。でも、今の学校に転校したら、普段からオシャレしている子はいなかった。「なんでいつもよそ行きの服なの？」って、ちょっと意地悪な子に聞かれてびっくりした。自分のかっこうが他の女子から浮いているって、そのときまで気づかなかった。

ママに言うと、他の子たちと似たような服を買ってきてくれたけれど、なんだか自分が一段下に落ちたみたいな気持ちになった。ほんとは違うのに。わたしはこうじゃないのにって。

なんでこんな服でここにきちゃったんだろう。急に恥ずかしくなってきて、逃げるように一歩後ろによろけると、友達の歓声が上がった。

彼女が、鬼に捕まりそうになっていた。

「ほら、こっち！」

さっと走ってきた男子が、彼女の手をつかんで走りだす。鬼から逃れた二人は、楽しそうに笑い合い、手を繋いだまま駆ける。

彼女の手を引いているのは、わたしが好きだった男子。

息が止まるような衝撃に、瞬きも忘れて二人を見つめた。

別に、ちょっとカッコいいかなって思ったくらいで、転校するなら仕方ないかってあきらめられた程度の想い。なのにどうして、こんなに胸をぐちゃぐちゃに握りつぶされたみたいに苦しいんだろう。

なんで、ここにきちゃったんだろう……？

あんなにうきうきしてた気持ちはしぼんで、もう帰りたくなっていた。うつむいてぎゅっと手を握る。

「あっ！　もしかして……」

好きだった男子の声に、はっとして顔を上げる。目が合った。隣の彼女もこっちを見て、首を傾げた。

顔を判別できる距離。わたしが誰かたしかめるように、二人がこっちをじっと見る。その視線に弾き飛ばされるように、わたしは公園の外に向かって走りだした。

たえられなかった。見られたくなかった。

会いたかったのに、もう無理なんだって思った。わたしはもう、違うんだ。

あの輪の中には入れないって感じてしまった。

公園を出て駅に向かってただひたすらに走る。視界がどんどんぼやけて、喉が震えた。

泣きながら改札をくぐったわたしは、ホームに止まっていた電車に駆けこんだ。それからどうやって乗り継いだのか憶えてないけれど、ちゃんと今の家がある駅まで帰ってこられた。

改札を出てとぼとぼと家に向かって歩く。すっかり日は傾いて、空はオレンジ色になっていた。

ポシェットが微かに振動しているのに気づいて、中からケータイを取り出す。ママからの着信がたくさんあった。たぶんGPSから、わたしが遠くに移動したって連絡がいったのだろう。

「ヒマリちゃん！」

嫌だな。怒られるなって、家に帰る足取りが重くなったところに、名前を呼ばれた。わたしが嘘に使ったサナちゃんだった。

「どこにいってたの！　みんな心配してたんだよ！　ヒマリちゃんのママがうちにきて……わたし、ずっと捜してたんだから！」

走り寄ってきた彼女の目には涙が浮かんでいた。それを見て、止まったはずのわたしの涙がまた込み上げてきた。

「ごめん……ごめんね」

居場所がないなんて思ってて、ごめんなさい。わたしは心の中で謝った。

前の友達に会いにいってわかってしまった。居場所はちゃんとあったのに、それを見ない振りして望んで檻に入っていたのはわたしだったんだ。

前と違うって比べて、こっちはわたしに合わないって見下していた。そんなだから、前の友達と話もできずに恥ずかしくなって逃げだした。

いつの間にかわたしは、自分のことも見下していたんだ。

それからママが駆けつけて、たくさん叱られて、たくさん話を聞いてもらえた。やっと「後で」がやってきたのだ。

数日後、夏休みの登校日。わたしは前の学校に通っていたときにお気に入りだった服を着ていった。意地悪な子にからかわれるかなって、ちょっと怖かった。

「ヒマリちゃん、おはよう」

教室に入ると、あの日から少し仲良くなったサナちゃんがやってきた。

「なんか、転校してきたときみたいなかっこうだね」

サナちゃんの目がきらきらしている。他の子もこっちを見てる。転校初日の視線を思い出してひるみそうになったけど、わたしはお腹にぐっと力を入れて返した。

「うん。わたしね、こういう服が好きなの」

みんなと同じにしないと、檻の外に出られないとずっと思い込んでいた。でも、そんなことはなくて、わたしはわたしの好きなものを大切にしたまま外に出ればよかったんだ。

だって、あの檻はわたしの気持ちが作りだしたもので、最初からそんなものはなかったのだから。

「そうなんだ。すっごく可愛くて、イイと思う！」

サナちゃんの笑顔に、わたしも笑い返す。

今度は、前の友達に笑顔で会いにいこう。こっちでも素敵な友達ができたんだよって、報告しにいくのだ。

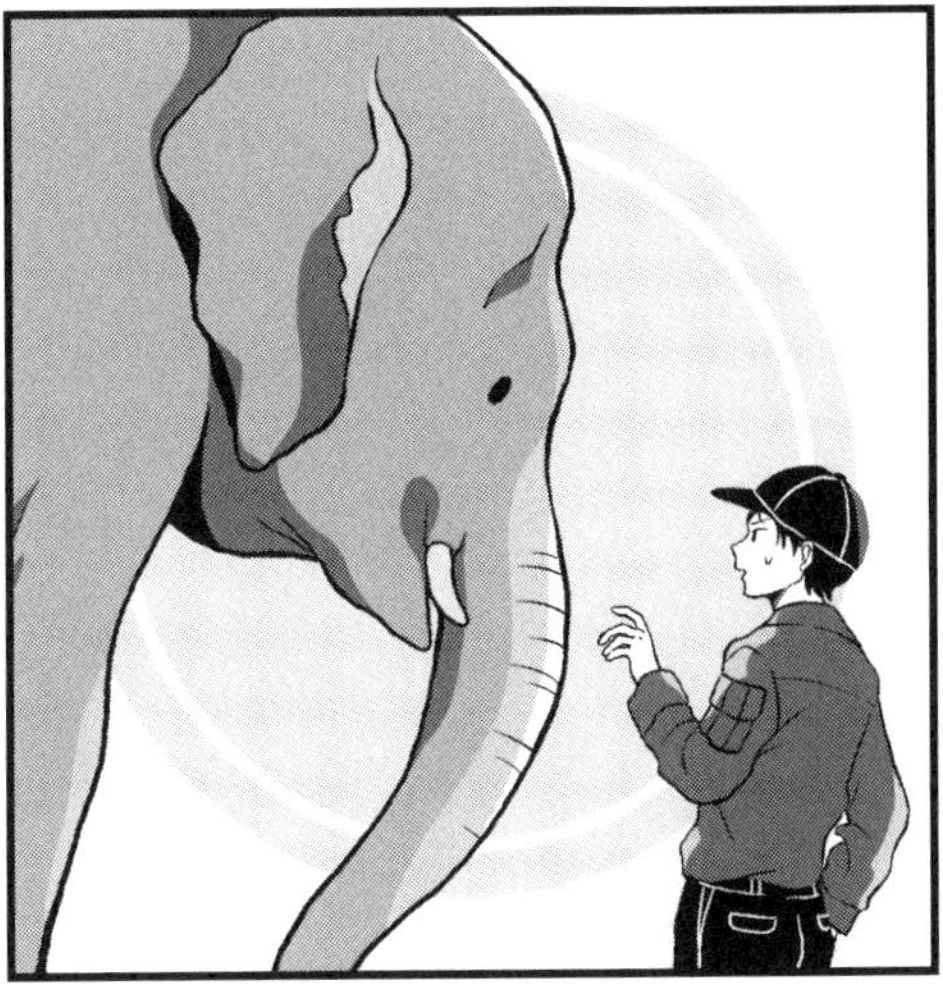

私に似た人

浅海ユウ

「ご馳走さま」

六枚切りの食パン一枚を野菜ジュースで喉の奥に流し込み、そそくさと玄関へ移動した。

「ああ。行ってらっしゃい……あら？　理穂《りほ》、ハムエッグは食べないの？」

リビングの方から母の声がする。

「行ってきまーす」

聞こえないふりをして学生カバンを摑み、振り返らずに家を飛び出した。

自宅から歩いて五分ほどの所にあるバス停で、バスを待つ人の列に並ぶ。

ここから私が通っている中学校の最寄り駅まではバスで三十分。けれど、『次はときわ動物園前。お降りの方は降車ボタンでお知らせ下さい』というアナウンスを聞くと、反射的にボタンを押し、ひとつ前のバス停で降りてしまう。

途中下車は今日で三回目。バスを降りてすぐにスマホから学校に電話を入れ、「もしもし。宮坂《みやさか》理穂の母ですけど」と保護者になりすまして、「まだ娘の熱が下がらないので、今日もお休みさせて頂きます」と嘘をつくのも三回目。

バス停からゆるやかな坂を登った所に、ときわ動物園はある。動物園のオープンは九時。それまでスマホをいじって時間を潰し、だらだら坂を登る。市民パスがあれば入場料は百円。ここはときわ市民の憩《いこ》いの場だ。入場口を入るとすぐ右手にヤギやヒツジに触ることができる『ふれあい広場』がある。もう少し坂を登れば左手にペンギンプール。私のお気に入りの場所は動物園の中ほどにある芝生公園のベンチだ。正面には鳥たちの楽園、巨大な金網で囲われたフライングケージを眺める。

ケージの中にはフラミンゴやペリカンもいた。そして、中央にある大きな池にはカルガモ、マガンにアオサギ。名前とイラストが載った看板ですっかり覚えてしまった。ただ、見分けがつかないのは木の枝にとまっている小鳥たち。時々、名前もわからない小さな鳥たちが一斉に飛び立ち、何回か宙に弧を描いた後また同じ木に戻ってくる。

いいなあ、鳥はどこへでも飛んでいけて。

そんなことを思った時、パオーン！　と象の鳴き声がした。

象舎はフライングケージの隣なので、鳴き声も聞こえるし、姿も見える。ただ、象にはあまり興味がなかった。それでも、声が聞こえたり、巨体が動いたりすれば自然と目が行く。看板にはアフリカゾウと書いてあった。

二頭はどちらもオスで名前は『ジャンボ』と『ハクナマタタ』だ。ジャンボは確か『こんにちは』の意味だとわかるけど、ハクナマタタ、って変な名前。

この二頭がいるのはグラウンドのような園庭か、その奥にあるコンクリート製の檻《おり》の中だ。象は時間帯によって居場所を移される。飼育員さんが園庭の掃除をしている時は檻の中、檻の掃除をしている時は園庭に出されている。

不意に象舎の中から声がした。

「おーい！　三木《みき》！　早くしろ！」

目をやると、四十歳ぐらいの作業着を着たオジサンが象舎の中から園庭に向かって声を掛けている。

三木と呼ばれ、「はい」と返事をしたのは、オジサンと同じ緑色の作業着を着た二十代ぐらいに見える男の人だ。その人はスコップを使って園庭の地面に何か埋めている。他にも同じ作業着を着た人たちが園庭にいて、掃除をしたり、木の枝にリンゴを刺したりしているが、声を掛けられたのは三木という男の人だけだ。

――あの人、一番若そうだし、しっかりしてないんだな、きっと。

この三日間でわかったことなのだが、象は十時頃までは象舎の中にいる。象を屋外に出す前に園庭を掃除し、餌を用意するようだ。

「出すぞー！」

象が檻から連れ出されると、三木さんはそそくさと園庭を出ていく。他の飼育員たちは象に近寄っていき、愛おしそうに耳や体を撫でているのに。

象が好きじゃないのに象の飼育員になる人っているのかな？

それとも、担当する動物は選べないのだろうか？

首を傾げていると、私が座っている芝生公園に登ってくる人影が見えた。

――あ。三木さんだ。

ベンチから少し離れた木の下でペットボトルの水を飲んでいる。近くで見ると、その日焼けした顔は端整だ。

「あの……。象、嫌いなんですか？」

何となく声を掛けてしまった。ずっと誰とも喋っていないから寂しかったのかも知れない。

三木さんは「え？」と驚いたような顔をしてこちらを見た。

「いや、何となく。ここから見てて、そんな気がしたから」

質問がぶしつけ過ぎたのか、三木さんはムッとしたような顔になり、「その制服、ときわ中学だろ？　ここで飼育員の観察するより学校行ったら？」と言い返してきた。

「創立記念日なんです」

咄嗟《とっさ》に嘘をついた。

「創立記念日って三日もあるの？」

三日続けて通っているのがバレていたらしい。

「さよなら！」

学校をサボっているのがバレてた……。明日から動物園に行けない。

がっかりしながらバスに乗って自宅へ戻った。


母は十時ごろにはパートに出かけ、家にはいない。神経質な母を心配させないよう、こっそり家に戻ってお弁当を綺麗に食べておく。

誰もいないリビングでお弁当を食べていると不安と悲しみで泣けてきた。

「う、ううぅ……」

一度、涙を零してしまうと、もう止まらなかった。

私が学校へ行きたくなくなったのには理由がある。三学期が終わる頃、先生から転校生の世話係を頼まれたのが発端だ。北海道から転校してきた菜々美《ななみ》とは好きなアニメや漫画が同じで、気が合った。が、それまで親友だった由香《ゆか》は私と菜々美が仲良くしているのが気に入らなかったらしい。菜々美を自分の仲間に引き入れ、私を仲間外れにするようになった。この仕打ちに私は抗議した。

『私は先生の言いつけで菜々美に親切にしただけだよ!? なのに、なんで嫉妬すんの⁉』

『は？　何様のつもり？　前からうざかったから無視してるだけじゃん』

怒りをぶつけた日から由香は私を完全に無視するようになり、回りの子たちもそれにならった。私はお昼を一緒に食べる相手もいなくなり、グループ学習の時に快く班に入れてくれる子もいなくなった。

辛かった。けど、一番辛かったのは菜々美が私を庇ってくれなかったことだ。

私が誰のせいで仲間外れにされたと思ってるの？

由香と菜々美。ふたりの顔を思い出すと、悔しさと悲しさが蘇ってきた。


結局、次の日も学校へ行く気にはなれず、動物園に来てしまった。

――四日目だよ。いい加減、学校に行かなくちゃ、不審に思われるよね。

そう思っているのに、勝手に指がバスの降車ボタンを押し、また芝生広場のベンチで自由に羽ばたく鳥たちを見ている。

学校に行きたくないと思う気持ちと、行かなきゃいけないという焦りの間で

心が揺れる。いつもより沢山ため息をつき、そろそろ家に帰ろうと思った時、

「よぉ」と、斜め上から声がした。

「え？　あ、三木さん」

思わぬ人物に声を掛けられて驚いたが、彼の方も私が自分の名前を知っていることに驚いたようだ。

「あ、いつも飼育員のオジサンがそう呼んでるから」

「オジサン？　ああ、あの人は象の担当チームのチーフで龍村《たつむら》さん」

「へえ。やっぱりチームで担当するんだ」

「象の餌は乾し草やらリンゴ、バナナ、ニンジンで、重さにしたら一頭あたり二〇〇から二五〇キロ。糞は一頭あたり五〇キロだ。とてもひとりじゃ世話できないよ」

三木さんは立ったまま水を飲み、首にかけたタオルで顔の汗を拭った。

「で。君、なんで、学校、行かねえの？」

ここにいることを責められたような気がした私は、反射的に言い返した。

「じゃあ、三木さんはどうして、好きでもないのに象の飼育員をやってるんですか？」

三木さんがウッと息を呑んだように見えた。

「私にだって色々事情があるんです！」

そう叫んだものの、それが逆ギレだと自分でもわかっていて、居たたまれなくなった私はその場から逃げた。坂を駆け下りながら三木さんの顔を思い出して、ひどく後悔した。私に言い返された彼がとても悲しそうな顔をしたからだ。

その日は三木さんの顔が目に焼き付いて離れず、なかなか寝付けなかった。

──謝ろう。きっと、三木さんは私のことを心配して声を掛けてくれたんだ。

次の日も動物園へ行った。これで五日目。来週は絶対に学校へ行かなきゃ。自信はないけれど、今日が最後だ、と自分に言い聞かせて象舎の前に行く。

「三木は今日、遅番だよ」

きょろきょろしているとオジサン……じゃなくて龍村さんが話しかけてきた。

「あ、いえ。私は別に……」

「ちょうどいいや。ちょっとお茶でもしようか。いつものベンチで待ってて」

何がちょうどいいのかよくわからないが、言われるがまま、芝生公園へ行くと、龍村さんが缶ジュースを差し出しながら隣に座った。オジサンだと思っていたが、龍村さんは童顔で、人懐っこそうな笑顔が若々しい。

「アイツに、象が好きじゃないのに何で象の飼育員をやってるのか、って聞いたんだって？」

「え？　三木さんが龍村さんにチクッた……じゃなくて、言ったんですか？」

うん、と頷いた後、龍村さんは「ふふふ」と笑った。

「本人は誰にも気づかれてないと思ってたんだろ。あんたに見抜かれて、えらくショックだったみたいだ」

「つまり、三木さんが象に愛情をもっていないのは事実なんですね？」

そう尋ねると、龍村さんは「うーん」と考え込むような素振りを見せた後で続けた。

「俺がまだ新人だった頃の話だが、三木の親父さんもここの飼育員だったんだ。三木も象の担当責任者だった親父さんのことが自慢で、よくここに遊びに来てた。ところが、その親父さんが飼育中の事故で亡くなってしまってね」

え？　と声も出ず、一瞬、息が止まってしまった。

龍村さんの話によると、三木さんのお父さんは、興奮した象が振り回した鼻に当たって倒れ、後頭部を壁で強打したことが原因で亡くなったのだという。

「サクラっていうメスの象で三木の親父さんに懐いてたんだが、妊娠中で気が立ってたのかも知れない。三木の見てる前で事故は起きてしまった」

「嘘……」

目の前で父親が象に襲われた三木さんのショックを思うと言葉もない。

「三木の親父さんを死なせてしまったサクラは、まるでそのことを後悔してるみたいに食欲を失い、園庭にも出なくなって……。何とか出産までは漕ぎつけたんだが、その翌年に死んでしまった」

「そんなことがあったのに、どうして三木さんは象の飼育係なんて……」

「やっぱり象が好きなんだよ。けど、怖い。克服しようと必死なんだよ」

と言って龍村さんは体の大きな方のアフリカゾウを指さした。

「特にあの、ハクナマタタはサクラの息子だからな」

「目の前でお父さんを襲った象の子供……」

私は何も知らずに三木さんを非難してしまった。

「どうしよう……私……。あんなこと言って……。三木さんに、ごめんなさい、って言っておいてください」

「直接、言いなよ」

そう言って、ベンチを立った龍村さんが、顎をしゃくるようにして象舎の方を示す。遅番だという三木さんがこっちへ歩いてくるのが見えた。

「あの……。三木さん、私……」

謝ろうとした瞬間、三木さんが「ごめん」と頭を下げた。

「確かに、それぞれ事情がある。それは他人にはわからないもんだよな」

「それはそうだけど。私の事情なんて……」

三木さんのトラウマに比べたら、私の悩みなど大したことではないような気がしてきた。あれほど由香や菜々美のことで頭がいっぱいだったのに。けど、学校に行くことを恐れ、ふたりの顔を見ることを避けてきた私だから、自分と同じように、何かを恐れながらも愛着を捨てられない三木さんに興味をひかれたんだとわかる。

私は三木さんを慰めたかった。

「あのさ……。ゾウって、嬉しい時も鼻を振り回すことがあるって何かで読んだことがあるよ。きっと、サクラは妊娠したことが嬉しくて、その喜びを三木さんのお父さんに伝えたかったんじゃないかな？」

すると、三木さんは意外そうな顔をした。

「親父も亡くなる間際にそう言った。だから、サクラを責めないでくれ、って」

「そっか……。お父さんも……」

「子供の頃は納得できなかったけど、この年になって、もう一回、あんたの口から同じ話を聞くと、それが真実だったような気がしてきたよ。ありがとな」

三木さんが照れ臭そうにそう言ってから、「ああ、そうだ」と何かを思い出したように続けた。

「サクラの子供の名前、親父がつけたんだ」

「え？　ハクナマタタのこと？」

「そう。ハクナマタタはスワヒリ語で『大丈夫』って意味なんだ」

どうして私に象の名前の由来を教えてくれたのかはわからなかった。けど、三木さんは、初めて見る優しい笑みを浮かべ、仕事に戻った。

その日は夕方まで、掃除をしたり餌の準備をしたりしている三木さんを見ていた。彼が作業しながら、ちらちらと象を見ているのがわかる。それは恐怖と愛着が混ぜこぜになっているような動作に見えた。

「おーい。中へ入れるぞー！」

園庭から龍村さんの声がして、象舎の中で掃除をしていた三木さんが手を止めた。三木さんの緊張感が伝わってきたような気がした私は思わずベンチを立ち、園庭の柵から身を乗り出していた。三木さんが象舎から園庭へ出てきた。そして、恐る恐るハクナマタタに手を伸ばす。

——がんばれ！　大丈夫だよ！　ハクナマタタ、だよ！

私は両手の指をぎゅっと握りしめ、心の中で応援した。

ほんの一瞬だったけれど、三木さんの手がハクナマタタの鼻に触れた。気のせいかもしれないけど、ハクナマタタも嬉しそうに見える。やった！　と私が小さくガッツポーズをした時、三木さんがこっちを見て笑っていた。その顔が、あんたも頑張れ、と言っているような気がした。大丈夫だよ、と。

月曜日、一週間ぶりに学校へ行った。途中、何度も家に引き返しそうになる自分に「ハクナマタタ」「ハクナマタタ」「大丈夫」「大丈夫」と言い聞かせ、何とか校門までたどり着いた。

教室に入ると、私をちらちら見ている由香の席に行って「ごめんね」と謝った。すると、由香がちょっと笑った。そのホッとしたような目許は、三木さんに鼻を撫でてもらった時のハクナマタタに似ているような気がした。

願掛けバナナ

一色美雨季

「ほな、お会計九百八十万円」

そう言われ門脇真知子《かどわきまちこ》は財布から千円札を取り出した。二十円のお釣りを八百屋の店主から受け取り、店主の「おおきに」なんて言葉聞こえない素振りをして、足早に店を後にする。

なんともいえない心苦しさを抱えたまま商店街のアーケードを抜け、真知子は入口の紅白提灯が見えなくなったところでホッと安堵の息をつく。

――やっぱり、スーパーにしておけばよかったかな。

しかし、野菜の鮮度と価格は、やはり農家から直接買い付けている老舗の八百屋の方が格段にいい。ならば、店主の古臭い冗談も我慢するしかない。

夫である康介《こうすけ》の転職に伴い、彼の出身地であるこの土地に引っ越してから半年が経った。隣の町内で近距離別居をしている舅姑はいい人たちでよかったけれど、それ以外はまったく馴染めない。他県で生まれ育った真知子にとって、この土地の人たちはあまりにも距離感がなさすぎるのだ。

フレンドリーといえば聞こえはいいが、真知子にとっては馴れ馴れしくもあり、どこか厚かましくも感じる。しかし、その垣根のなさは、この土地の人にとっては至極当然のマナーなのだろう。向こうからすれば、きっと真知子はマナー違反のいけ好かない人間として映っているに違いない。

これからもこの土地で生きていく以上、自分を変えなければならないことは真知子にも分かっている。でも、それは容易なことではない。今まで培ってきた人付き合いの感覚を、そう簡単に捨て去ることはできないから。

穏やかな陽気の中、狭い歩道を、大声で会話する老人たちとすれ違う。と、バッグに入れた携帯電話が小さなうなりを上げた。康介からの電話だ。

「もしもし」

「あ、真知子、急にごめんな。今日、晩御飯いらんわ。中学ん時の同級生から連絡があってな、『久しぶりやし、飲みにいこか』って話になってん」

「うん、それはいいけど、その言葉……」

「ん？」

「……なんでもない。じゃあ、楽しんできてね」

携帯電話をバッグに入れ、真知子は大きなため息をつく。

生まれ育った土地に戻ってからというもの、康介は今まで使わなかった方言を使うようになった。その流暢なイントネーションは、まるで康介が別人になってしまったかのような違和感を覚えた。

それは、小学六年生になる息子の徹《とおる》も同じだ。新しい生活に慣れるのだろうかと心配していたが、子供の適応能力の高さというのは侮れないもので、あっという間に友達もでき、今では同級生から教わった方言を楽しそうに使っている。

結局、この環境に馴染めないのは真知子だけ。

重い気持ちを吹き飛ばすように深く息を吐き、真知子は目の前の交差点を、家とは逆の方向――『城跡《じょうせき》公園』と標識に書かれた方向に向かって歩き始めた。

かつて城下町として栄えたこの街。今は天守閣もなくなってしまったが、その城跡には大きな公園が作られた。公園の一部は昔の庭をそのまま使っており、また動物好きだったといわれる大名にちなんだ無料動物園も併設され、『市民の憩《いこ》いの場』と呼ぶにはなかなか贅沢な空間が広がっている。馴染めないこの土地で唯一、真知子が気に入っている場所だ。

　――今日は、子猿でも見ようかな。

　昨晩のローカルニュースで、無料動物園の猿山で生まれた双子の子猿が公開されたと報道されていた。休日なら見物客も多いだろうが、今日は平日。運が良ければ間近で見ることができるかもしれない。

　無料動物園は城跡公園の西側にあり、出入り口の門扉が開錠されれば受付などする必要もなく入場できる。真知子はレジ袋片手に、のんびりと門扉の方へ向かう。――と、その時。

「あ、門脇さんの奥さんやんか！」

　自分を呼ぶ声にビクッと肩を震わせ、真知子は声のした方を振り返る。

　そこにいたのは、隣家に住む寒川萌美《さむかわもえみ》という女性。独身で会社員をしていると聞いていたが、きっと今日は仕事が休みなのだろう。明らかに普段着と思える格好で、ズカズカと真知子に駆け寄ってくる。

「奥さん、どこ行くん？　スーパー行ってきたん？　晩御飯の用意、大変やなあ。うちはコンビニに行く途中やねん。奥さんもそうなん？　違うの？　まあ違っててもええわ。一緒にコンビニ行かへん？　アイスくらい奢ったげるで」

まくしたてる萌美に、思わず真知子は腰が引ける。萌美は引っ越しの挨拶に行った時からこうだった。この人はこういう人なのだと頭では分かっていても、未だにどう対応していいのか分からない。

「ええと、ごめんなさい。主人に頼まれて、今から行かなきゃいけないところがあるの。また今度誘ってくださいね」

ペコリと萌美に頭を下げて、真知子はその場を離れる。

公園に向かう人たちとすれ違いながら、真知子は振り返ることなく家まで歩く。赤信号にでも捕まらない限り、このまま足を止めることはないだろう。

——双子の子猿、見たかったな。

そう思っても、もうどうすることもできない。あの場で「猿山に行く」と言っても、きっと萌美は真知子の言葉を聞き入れることなく、コンビニまで連行していくに違いない。

窮屈だ、と真知子は思う。

この垣根のなさは、どうしようもなく窮屈だ。真知子は垣根の中で自由に羽を広げていたいのに、この土地の住人は、そんな垣根はないもののように、堂々と真知子のテリトリーに入ってくる。真知子は、そんな厚かましい人間の相手などしたくないというのに。

玄関の鍵を開け、家の中に入った途端、ドッと疲れが押し寄せる。

――私は、なんのためにこの土地で暮らしているんだろう。

買い物袋の中のタマネギが、ゴトン、と音を立てて床に落ちた。

＊＊＊

真知子の妹に子供が生まれたと連絡が入ったのは、七月に入ってすぐのことだった。

妹は里帰り出産をしていた。連絡をくれたのは実家の母で、とても元気で可愛らしい女の子が生まれたとのことだった。

「真知子も里帰りしたらええやん」

そう言ったのは康介だった。「こっちに来てから、実家のご両親と全然会ってへんやろ？　赤ちゃんの顔を見るついでに、実家の人らに真知子の顔を見てもらったらええやん」

康介の言葉に、舅姑も賛成してくれた。徹の世話は、真知子の代わりに姑がしてくれると言う。最初は遠慮した真知子だが、姑の「今まで慣れん土地で気ぃ張ってきたんやし、久しぶりに実家のお母さんに甘えてきたらええわ」という優しい言葉に促され、真知子は里帰りを決心した。

二年ぶりの実家は、とても居心地のいいものだった。懐かしい両親と妹、それに生まれたばかりの小さな姪。妹と姪はまだ病院にいるということもあり、若干の慌ただしさはあったものの、慣れ親しんだものに囲まれる生活に、羽を伸ばすというのはまさにこのことだと真知子は思った。

だが、そんな生活は、里帰り三日目にして終わった。

夜遅く、携帯電話に「徹が補導された」と担任教師から連絡が入ったのだ。

真知子の里帰りを知らなかった担任は、自宅の固定電話ではなく、緊急連絡先として登録していたこの携帯電話に連絡をしてきた。

担任曰く、徹はクラスの友人三人と、閉園された夜の無料動物園に侵入した。見つけたのは巡回中の公園職員で、その時、徹たちは、猿山の前にバナナを一本置き、まるで儀式のように両手を合わせていたらしい。

「ええ？　なんですか、それ。どういうことですか？」

「どういうことって……ああそうか、まだご存じないんですね。ええと、まあ、徹君は悪いことをしたわけじゃないんです。ええもちろん、深夜の動物園に忍び込んだことは悪いことなんですが。お母さんの現在地が遠方ということでしたら、公園事務所へのお迎えはお父さんにお願いします。詳しいことは改めてご説明しますので、今回は、徹君をあまり叱《しか》らないでやってください」

担任は他の保護者にも連絡をしなければならなかったらしく、早口でそれだけ言うと電話を切ってしまった。

真知子の様子にただならぬものを感じたらしい両親は、「徹に何かあったのか」と聞いてきた。しかし、真知子にもよく分からない。ひとまず担任から聞いたことを両親に話し、真知子は康介に電話をかける。

康介は既に担任から連絡を受けており、出かける準備をしている最中だった。

「徹のヤツ、『おやすみ』言うて部屋に入ったから、てっきり寝たもんやと思ってたわ」

弁明するかのように康介は言った。徹は、誰にも気付かれないように家を抜け出し、途中で友人たちと合流して動物園へと向かったらしい。

「せやけど、猿山の前にバナナを置いたんやったら……まあ悪いことしてたんちゃうわ。徹は不良になったんと違う。真知子は心配せんでもええ」

「心配するなって言われても心配するわよ。徹に何かあったらどうするの。とにかく、徹のことをお願いね。私も、明日にはそっちに戻るから」

うんうん、と二つ返事をして、康介は電話を切った。

真知子も携帯電話を置こうとして――ふと、自分の手が小刻みに震えていることに気付いた。

　気持ちがどんどん不安に傾いていく。どうして康介はあんな風に言い切るのだろう。新しい仕事に手いっぱいで、家庭なんてほとんど顧みないくせに。担任だってそうだ。あまり叱らないでやってほしいなんて、どの口が言っているのか。まともな親なら叱って当然ではないか。

　あの土地が、徹を、そして家族を駄目にしてしまう。

「……こんなことなら、引っ越しなんてするんじゃなかった」

　後悔の言葉が、思わず独り言となって唇からこぼれ落ちる。真知子はハッとして口をつぐむが、もう遅い。その独り言は両親の耳にも届いたらしく、心配そうな視線が瞬きすることなく真知子の方に向けられている。

　真知子は言い訳のように「なんていうか……不思議な土地なの」と、作り笑いを浮かべる。

「地域性っていうのかな、なかなか馴染めなくて」

　それじゃあ明日の荷造りをするから、と、逃げるように部屋を出る。

真知子は両親に嘘をついた。

心の中では、「あんなところ、絶対に慣れるはずがない」と思っているのに。

＊＊＊

翌日、真知子は実家を後にした。

新幹線から在来線へと乗り換えると、乗り合わせた人たちの会話が微妙に変化していることに気付く。その独特なイントネーションは、康介と徹がいる場所へと近付いているのだと真知子に実感させる。

座席に座ってぼんやりと外を眺めていると、突然「あ！」と大きな声が背後から聞こえた。

反射的に振り返った真知子は、次の瞬間、ギョッとして肩をすくめた。

そこにいたのは、予想もしない人物、寒川萌美だった。

「門脇さんの奥さんやん！　奇遇やなあ、こんなところで会うなんて。うち、出張の帰りやねん」

　言いながら、萌美はストンと真知子の隣に腰を下ろした。

「いい機会やわあ。私、奥さんとゆっくり話がしてみたかってん。うちらご近所さんやのに、滅多に顔を合わすこともないもんなあ」

「…………」

　いつもの真知子なら愛想笑いで逃げるところだが、今日は違った。真知子は萌美に、真剣な顔で頭を下げた。

「ごめんなさい。私、今日は誰かとお話をしたい気分じゃないので……」

「ああ、あれやろ。昨夜、息子さんが動物園に忍び込んだせいやろ」

　真知子は耳を疑った。驚く真知子に、萌美は「なんで知ってんの？　って思ったやろ？」と悪戯っぽく言う。

「これな、早ぅ話さなあかんと思っててんけどな、実は、うちの甥っ子、徹君の同級生やねん」

「そ、そうだったんですか。……あ……それじゃあ、昨日のことも学校中に知れ渡って……」

「ううん、そうやないんよ。知っているのは、今回忍び込んだ子らの保護者と、うちのお姉ちゃんの家族だけ。他は誰も知らん。っていうか……徹君が動物園に忍び込んだのは、うちの甥っ子のためやねん」

「どういうことですか？」

「実は……うちの甥っ子、ちょっとタチの悪い病気にかかってな、夏休みに入ったら手術することになっててんねん」

「え？」

真知子は混乱した。だって、意味が分からない。動物園と手術に、どういうつながりがあるというのか。

すると萌美は、「都市伝説やねん」と言葉を続けた。

「奥さんは知らんやろうけど、あの動物園には『願掛けバナナ』って、地元の人間なら誰でも知ってる都市伝説があんねん。『真夜中、誰にも見つからずに猿山にバナナを供えると、猿山の猿神様が願いを叶えてくれる』……って、まあ、大人ならアホらしくて笑うような都市伝説やねんけどな。猿山の猿神様って何やねん！　って」

アハハ、と萌美は笑った。笑いながら「うちのお姉ちゃん、泣いてたわ」と言った。

「今朝、お姉ちゃんから泣きながら電話があってん。『息子のために、同級生の子らが動物園の猿山に行ってくれたんやって』って。担任が教えてくれたらしいわ。まあ、公園の職員さんに見つかったから、願掛けは失敗したんやけどな。それでもええねん。お姉ちゃん、徹君らの気持ちが嬉しかったって」

「そんな……」

担任が、徹を叱るなと言ったのがようやく理解できた。そして同時に、新しい環境に心を閉ざし、何も知らないままでいた今までの自分を恥じた。

「……ごめんなさい。私、まだ頭が混乱してて……。実は、徹の友達に病気の子がいたことすら初耳なんです。母親失格ですよね。息子とコミュニケーションがとれていない証拠だわ」

「母親失格やなんてとんでもないわ！　徹君、めっちゃ優しい子に育ってるやん！　それでいうたら、うちのお姉ちゃんも母親失格になるで。『うちの子、学校休みがちやから、友達なんて一人もおらんと思ってた！』って、我が子を見くびりすぎやろ！　ひどいと思わへん？」

萌美は豪快に笑った。そして、「うちからもお礼を言わせて」と言った。

「うちの甥っ子に徹君を出会わせてくれてありがとう。本人も『手術を受ける勇気が出た』って言うてたわ。退院したら、バナナ持って動物園にお礼参りに行くんやって。……せや、奥さん、これ食べる？　出張先の売店で見かけて、なんや縁起物のような気がして衝動買いしてもうたんやけど」

差し出された『バナナチップス』の大袋に、思わず真知子は噴き出した。

もう、逃げることも、遠慮することもしなかった。

いただきます、と萌美に笑顔を向け、真知子は素直な気持ちでバナナチップスを受け取った。

俺の会社は動物園!?

編乃肌

俺の会社でのあだ名は『ナマケモノ』だ。

それは俺の名前が生居恵斗《なまいけいと》というだけでなく、単純にやる気がなくて会社のお荷物だから、誰彼となくそう呼ばれるようになった。

今日だって、威張り散らしている上司には「生居は本当にナマケモノだな！　たまには俺を驚かすような成果を出したらどうなんだ！」と怒鳴られ、要領のいい後輩には「生居センパイ、今月も営業成績最下位ッスか？」と見下され、身形《みなり》の派手な事務の子には「生居さんって独身らしいですけど、確かに結婚できなさそうですよねぇ」と馬鹿にされた。

俺は平謝りか、ヘラヘラと笑って誤魔化すだけ。言い返す気力もない。

そりゃあさ。俺だって六年前、四年制大学を卒業してここに入社したフレッシュな新人のときは、やる気にも満ちていたさ。

会社の規模としてはそれほど大きくないけど、俺が一等好きだった、冷凍焼きおにぎりの製造元だ。少ない募集人数の枠に書類審査で通り、面接ではその焼きおにぎりの素晴らしさについて語った。大学時代、一人暮らしを始めたばかりの頃に、御社のおにぎりに救われました……なんてな。

そして見事に内定。ピカピカの新人くんは、朝から晩まで会社のために、そこら中を駆けずり回って頑張った。

だけど現実というのは無情なもんで、思うように伸びない営業成績、度重なる顧客からのクレーム対応、社内での人間関係の軋轢《あつれき》、上がらない給料……エトセトラエトセトラ。

そんなことばかりが続いて精神が磨耗していたとき、例の焼きおにぎりの売上が伸び悩み、ついに製造中止が社内で決まった。

俺の営業課の先輩に当たる人が、大口の取引先に契約を打ち切られたことが決定打だった。彼はすっかり打ちのめされ、夏バテしたトドみたいになっていた。全部投げ出して、もうどうでもいいって感じ。実際にそれからすぐ辞表を出してあっさり去って行ったしな。

だが当時のまだ情熱のあった俺は、もちろん食い下がったさ。

「も、もう少し頑張ってみましょうよ！　昔はヒット商品だったんだから、時代に合わせて売り方を変えれば、また絶対……！　あの商品を無くすのは惜しいです！　俺にまだ売らせてください！」

そう上にも掛け合って周囲にも協力を仰いだのに、決定は覆《くつがえ》らず、結局なにもできないまま、大好きだった焼きおにぎりは消えてしまった。

そこで俺の心はポッキリ折れた。

ナマケモノの生居さんの誕生だ。

頑張るなんて面倒くさいし、意味がない。一瞬先輩のように辞めることも考えたけど、辞表を出すのにもエネルギーを消費する上、新しい仕事を探すのもまた大変だ。周囲からどんな評価を受けようと、この会社で最低限の仕事をして、最低限の給料をもらえればそれでいいや。

そう考えるようになって、俺は今日も今日とて背中を丸めて、ただダラダラと会社に通っている。

「はあー……今週も疲れたなあ。休みまであと一日か」

木曜日の夜。花金ではないが一杯やりたい気分だったので、俺は会社帰りに缶ビールとつまみを買って、ワンルームマンションに帰宅した。

あちこちに物の散らかった汚い部屋で、サラミを齧りながらテレビをつける。

やっていた番組は、タレントが動物園に潜入して、面白おかしく動物たちを紹介する平和なバラエティーだ。

『見てください！　ラッコの赤ちゃんです！　飼育員さんに餌をもらって喜んでいます、可愛いですね！』

「動物園か、ガキの頃に行ったきりだな。ここで暮らす動物はいいなあ」

住むところと餌を与えられて、なにもしなくても可愛いともてはやされる。いっそ俺も本物のナマケモノだったなら、もっと苦労なく生きられるのに。

「ふわぁ……なんか眠くなってきたな」

ビールを飲み干したら、ゴロリと床に転がる。

明日も朝が早い。ベッドに移動して、目覚ましを掛けて寝なくちゃいけないのに、俺はテレビをつけっ放しにしたままウトウトと寝落ちしてしまった。

「うーん、ゾウ、キリン、シマウマ、アシカ……はっ！」

テレビの影響か、夢の中で動物園にいた俺は、床の上で起きて痛む体を伸ばした。窓からは太陽の光が燦々《さんさん》と差し込んでいる。

いくらナマケモノの俺でも、遅刻はマズイ。慌ててテレビを見ると、映像は朝のニュース番組に変わっており、時刻は予定の起床時間より五分過ぎていた。

急いで身支度を整えて、使い古したバッグを掴んで家を出る。満員電車にガタゴト揺られ、走ったおかげで幸いにして、いつも通りの時間に会社に到着した。

「ふーはー……遅れなくてよかった……」

「おはようございます、生居センパイ！　今日も朝から普段に増して、くたびれた顔しているッスね」

社員用入り口で息を整えていると、後ろから声を掛けられた。この声と話し方は後輩の大河《たいが》だ。

相変わらず、俺より自分の方が要領よくて成績が上だからって、生意気な奴だ。

「は、はは……普段に増してとか酷いな、大河……うわあっ⁉」

苦笑しながら振り返って、俺は仰け反った。大河の顔が、モフモフの毛に覆われた、三角の耳も牙もあるトラになっていたのだ。

顔だけじゃなくて、黄色に黒の模様が入ったモフモフの毛は、スーツから覗く手足までも覆っていた。というか肉球だ、肉球がある。あとよく見ればスラックスから長い尻尾も生えている。

二足歩行のトラがスーツを着て立つ姿は、とんでもなくシュールだった。

「あっ、大河さんだぁ。おはようございま……って、生居さんもいたんですね。影が薄くて地味だから気付かなかったですー」

「花鳥《はなどり》さん！　君もか！」

声は日頃から俺を小馬鹿にする事務員の花鳥のものだったが、視線を向けた先にいたのはフラミンゴだった。

嘴のついたピンク色の顔に、細く長い首。羽のある胴には制服のベストを纏い、「急になんですかー？　びっくりしたんですけど！」と、ピーチクパーチク俺に文句を飛ばしている。

（ど、どうなっているんだ!?　俺はまだ寝惚けているのか!?）

会社に着くまでは、道を歩く人も電車にいた人も、みんなちゃんと人間に見えていたはずなのに！

「ちょ、ちょっとすまん！　俺は急ぎの用があるから先に行くな！」

訝しむ大河と花鳥、いや、トラとフラミンゴを置いて、俺はオフィスへと走った。

それからも会う人会う人、社内の人はみんな、俺には一様に動物に見えた。

経理課の御手洗《みたらい》さんはアライグマだし、黒崎《くろさき》専務は黒ヒョウだし、清掃員さんにいたってはペンギンだ。

ただ常に威張っている上司が、ライオンとかオオカミとか、恐ろしい肉食動物でもなんでもなく、ブヒブヒ鳴く真ん丸のブタだったのにはつい笑ってしまった。「なにを笑っているんだ！」とまた怒鳴られたことは言うまでもない。

（こりゃ夢を見ているのかもな……）

マジでこれが夢の中だとしたら、原因は動物園の番組を見たせいだろう。

早く覚めろとは思うものの、姿が動物に見えるだけであとはいつも通りだったので、俺は次第に慣れてきた。これが夢であれ現実であれ、とにかく俺は目の前の業務をこなす他ない。

ちなみに自分の姿をトイレの鏡で確認すると、ちゃんと人間だった。常日頃ナマケモノ呼ばわりされている俺の方が、今は人間なのが少しおかしい。

ただやってきたお昼の時間は、どうしようか少し悩む。外回りがない日は食堂の隅で食べているが、動物たちに囲まれて食べるのは、さすがに落ち着かなさそうじゃないか？

会社という動物園の檻《おり》を抜け出して、外食にしとくのが無難か。

(でもこのへん、飲食店がないんだよなあ……コンビニも遠いし……あれ？)

あれこれ考えながら廊下をぼんやり歩いていると、前方に人間を見つける。

そう、『人間』だ。制服を着た小柄なその女性は、この動物だらけの社内で唯一、人の姿をしていた。

「ちょっ、ま、待ってくれ！　入間《いるま》さん！」

「はい？」

総務課所属の入間ゆう子は、内巻きのボブヘアーを揺らして、パッとこちらを振り向いた。

彼女は俺より年はふたつ下。あまり一対一で話したことはないが、癒し系な見た目と性格で、男女問わずみんなから好かれている。

「生居さんじゃないですか。どうかされました？」

「あっ、いや、ちょっと見かけたから声を掛けただけで、特に用事は……」

「なんですか、それ」

しどろもどろになる俺に、入間はクスクスと愛嬌たっぷりに笑う。

「今日は外回りはいいんですか？　他の営業さんって、だいたいみんなお昼は外で食べているじゃないですか」

「俺は……だいたい最近はそんなマメに、取引先にアタックもしていないしな。ナマケモノな俺が頑張って外回りをしても、どうせ無意味だろう？」

軽い調子で自虐ネタを口にしてみたら、なぜか入間さんの眉がぐぐっとつり上がった。な、なんか、怒っている……？

「……私はこれから食堂でお昼をとるんですけど、よかったらご一緒しませんか？　生居さんと一度ゆっくり話してみたかったんです」

「お、おう。じゃあ一緒に行くか」

よくわからないが、唯一人間に見える入間さんとなら、動物しかいない食堂でも普通に食事ができる気がした。彼女の静かな迫力に負けたとも言える。

そうして、俺たちは連れ立って食堂に入った。彼女はデミグラスハンバーグのセット、俺はカツ丼をプレートに載せて、対面で空いた席に座る。周りでは草食動物も肉料理を食べていて、違和感が凄まじい。

「それで、俺と話してみたいって、いったいなにを話すんだ？」

当たり障りのない天気の話題くらいしか、俺からは振れそうにない。社員が動物に見えるなんて話をするわけにもいかないしな。

入間さんの方は真っ直ぐに、俺の目を射抜くように見つめてくる。

「もうだいぶ前ですけど……焼きおにぎりの製造が中止になったとき、生居さんがあの商品を守ろうとして、必死に周りに訴えているところを私は見ていました」

「え……あのときの俺を？」

予想外のエピソードを持ち出され、俺は薄っぺらいカツを挟んでいた箸を止める。入間さんはコップの水を一口飲んで、ふうと息をつく。

「私も子供の頃から、あの焼きおにぎりが好きで……冷凍なのに香ばしくて、味がよく染みているんですよね。忙しい母が手抜きをするときの定番だったんですけど、母の作るものより正直美味しかったです。この会社に入ったのも、製造元だったからなんですよ」

「そっか……俺も同じだよ。あれが好きで入社したんだ」

「だから私も私で、同じ部署の子とかの意見を集めて、おにぎりを守ろうとはしたんです。残念な結果にはなっちゃいましたけど……戦ったことは無駄じゃなかったと思っています。いつか私の意見が反映されて、復活だってするかもしれませんし！」

箸を持ったまま拳を握り、生居さんはそう力説した。「それに……」と、俺に再び視線を合わせる。

「あのときの生居さんは、一生懸命で情熱があって、とってもカッコよかったです！」

「俺が……カッコいい……？」

俺の他に、おにぎりを守ろうとしていた子がいたのも驚きだが、あんな空回りばかりだった俺の努力を、褒めてくれる人がいる方がもっと驚きだった。

だが、褒められたと思ったのも束の間、「でも今の入間さんはカッコ悪いです！」と、その大きな目でキッと睨み付けられる。

「『俺はナマケモノだから』って、だらけている自分を正当化して……なんですか、頑張ることが無意味って！　意味のない努力なんてありません！　あのときの一生懸命で情熱があった生居さんは、いったいどこに行っちゃったんですか！」

「そ、それは……！」

ガツンッと、俺は鈍器かなにかで頭をぶん殴られた気分だった。

入間さんが声を張り上げたため、近くに座る動物たちがチラチラとこちらの様子を窺ってくるが、そんなこと今は気にする余裕がない。

そうだ。俺は彼女の言うように、ナマケモノという言葉に逃げていた。逃げてずっと、努力を止めた自分をみっともなく守っていた。俺の努力をこんなに見ていてくれた人が、ちゃんと身近にいたのに……。

「……今の俺はカッコ悪い、まさしく君の言う通りだよ」

「はい！　だから早く、カッコいい生居さんに戻ってください！」

入間さんはわりと物言いが容赦ない。だけどだからこそ、長らく靄のかかっていた俺の視界が急に鮮明になって、パッチリと目が覚めた気分だった。

今ならなんだか……また頑張れる気がする。

「——ん？　あれ？」

気付いたら俺は、会社のデスクに突っ伏していた。

上半身を起こして、辺りをキョロキョロと見回す。朝の光が差し込むオフィスには、まだ誰も来ていない。

そうだ、俺は遅刻すると思って急いで出社したけど、時間を一時間も見間違えていて、遅刻どころか一番乗りだったんだ。それでどうしようか自分のデスクでぼんやりしていたら、無駄に早起きしたせいでついウトウトと……。

「……ということは、あれは全部やっぱり夢か？」

そこでドアの方から、社員たちが数人ほどガヤガヤと入って来る。みんな動物じゃない、普通に人間の姿だ。その中には、ふたりで話し込んでいる大河と花鳥もいた。

夢の内容を思い返し……少し悩んで、それから「よし」と決意して、俺は席を立って大河のもとに歩み寄った。そして笑顔を作って手を挙げる。

「……よお、おはよう！　大河！」

「えっ？　生居センパイ？　お、おはよう、ございます」

大河のトラではないイケメンよりの顔は、驚きでポカンとしている。ここ最近、俺からこんな明るい挨拶なんてしてなかったからな。ついでに「来月の売上は負けないからな」と告げると、ますます彼は間抜けな顔になった。

「あと、花鳥さん」

「は……わ、私ですか？」

「俺は確かに地味かもしれないが、君はちょっと身形が派手すぎるな。会社だからほどほどにな」

ずっと言いたかったことを言えば、俺の勢いに押されてか、彼女は呆気にとられて「はい、気を付けます……」と答えた。なんだ、言ってみるものだな。

清々しい気分でデスクに戻ろうとしたら、廊下に面した窓から、ちょうど通りすがる入間さんを見つけた。俺は慌てて彼女を追いかけて捕まえる。

「あの、入間さん！　改めてありがとう！　君のお陰で俺は目が覚めたよ！」

「へっ？　な、なんのことですか？」

入間さんは戸惑っていたが、俺が一方的に礼を言いたかったので許してほしい。それに彼女は「よくわかりませんが、今日の生居さんはいい顔をしていますね」と笑ってくれた。

さあ、今日もこの会社での長い一日が始まる。

ナマケモノはナマケモノなりに、もう一度頑張ってみようか。

この物語はフィクションです。
実在の人物、団体等とは一切関係がありません。
本作は、書き下ろしです。

PROFILE 著者プロフィール

Step by Step

楠谷佑

富山県富山市生まれ。高校在学中の2016年、『無気力探偵～面倒な事件、お断り～』でデビュー。2018年、『家政夫くんは名探偵!』(ともにマイナビ出版ファン文庫)を刊行し、シリーズ化。

猿山と登山

溝口智子

福岡県出身・在住。博多のとんこつラーメンがソウルフード。小学校高学年で世の中にとんこつ以外のラーメンがあることを初めて知り、衝撃を受ける。最近、近所に醤油ラーメン専門店が二軒でき、それも衝撃。

青い鳥のフォレルスケット

烏丸紫明

兵庫県在住の作家。2013年に別ペンネームで作家デビュー。2019年に烏丸紫明の名でキャラ文芸・ライト文芸ジャンルで活動開始。著書に『晴明さんちの不憫な大家』(アルファポリス文庫)など、多数。

そこにはきっと宝物があるから

猫屋ちゃき

乙女系小説とライト文芸を中心に活動中。2017年4月に書籍化デビュー。著書に『こんこん、いなり不動産』シリーズ(マイナビ出版ファン文庫)『扉の向こうはあやかし飯屋』(アルファポリス)などがある。

パンダが来た!

霜月りつ

実は動物園は三回ほどしか。うち一回は中国で、ごろごろしてるパンダを見ました。著書に『神様の用心棒』(マイナビ出版ファン文庫)、『百華後宮鬼譚』(ポプラ文庫ピュアフル)など。

ちいさなぼくとネコのあいだに、クマがはいってゆきました

鳩見すた

第21回電撃小説大賞《大賞》を受賞しデビュー。著書に『ひとつ海のパラスアテナ』(電撃文庫)、『アリクイのいんぼう』(メディアワークス文庫)、『こぐまねこ軒』(マイナビ出版ファン文庫)など。

動物に喩えて
水城正太郎
『東京タブロイド』（富士見ミステリー文庫）でデビュー。代表作『いちばんうしろの大魔王』（HJ文庫）。鎌倉在住。コーヒー愛はそれなり。とはいえ他のカフェイン摂取手段は好まず。

ライオン、子ライオン、孫ライオン
那織あきら
大阪生まれ奈良育ち兵庫在住。子供の頃の愛読書は翻訳ミステリや冒険もの。ヴェルヌとドイルに出会わなければ現在の自分はなかったと思っている。著書に『リケジョの法則』（マイナビ出版ファン文庫）など。

わたしは檻の中
朝比奈歩
東京在住。最近はじめたビオトープ。なぜかタニシが増殖して困惑中。著書に『嘘恋ワイルドストロベリー』。『たちまちクライマックス』の1、2、4に参加。どちらもポプラ社刊。

私に似た人
浅海ユウ
山口県出身。関西在住。著書に『神様の御朱印帳』『お悩み相談室の社内事件簿』『骨董屋猫亀堂・にゃんこ店長の不思議帳』『京都あやかし料亭のまかない御飯』『ラストレター』『空ガール』他がある。

願掛けバナナ
一色美雨季
『浄天眼謎とき異聞録～明治つれづれ推理』で第2回お仕事小説コングランプリを受賞。その他著書に『吉原水上遊郭まやかし婚姻譚』（ポプラ文庫ピュアフル）など。美雨季名義でノベライズも手掛ける。

俺の会社は動物園!?
編乃肌
石川県出身。第2回お仕事小説コン特別賞受賞作『花屋ゆめゆめで不思議な花束を』（マイナビ出版ファン文庫）でデビュー。『ウソつき夫婦のあやかし婚姻事情　旦那さまは最強の天邪鬼!?』（スターツ出版）など。

動物園であった泣ける話

2021年4月30日　初版第1刷発行

著　者　楠谷佑／溝口智子／烏丸紫明／猫屋ちゃき／霜月りつ／鳩見すた／水城正太郎／那識あきら／朝比奈歩／浅海ユウ／一色美雨季／編乃肌

発行者　滝口直樹

編集　ファン文庫Tears編集部、株式会社イマーゴ

発行所　株式会社マイナビ出版

〒101-0003　東京都千代田区一ツ橋二丁目6番3号 一ツ橋ビル　2F
TEL　0480-38-6872（注文専用ダイヤル）
TEL　03-3556-2731（販売部）
TEL　03-3556-2735（編集部）
URL　https://book.mynavi.jp/

イラスト　sassa

装　幀　坂井正規

フォーマット　ベイブリッジ・スタジオ

DTP　田辺一美（マイナビ出版）

印刷・製本　中央精版印刷株式会社

●定価はカバーに記載してあります。●乱丁・落丁についてのお問い合わせは、
注文専用ダイヤル（0480-38-6872）、電子メール（sas@mynavi.jp）までお願いいたします。

 ISBN978-4-8399-7517-3
Printed in Japan